Bücher von Tina Folsom

Samsons Sterbliche Geliebte (Scanguards Vampire – Buch 1)

Amaurys Hitzköpfige Rebellin (Scanguards Vampire – Buch 2)

Gabriels Gefährtin (Scanguards Vampire – Buch 3)

Yvettes Verzauberung (Scanguards Vampire – Buch 4)

Zanes Erlösung (Scanguards Vampire – Buch 5)

Quinns Unendliche Liebe (Scanguards Vampire – Buch 6)

Olivers Versuchung (Scanguards Vampire – Buch 7)

Thomas' Entscheidung (Scanguards Vampire – Buch 8)

Ewiger Biss (Scanguards Vampire – Buch 8 1/2)

Cains Geheimnis (Scanguards Vampire – Buch 9)

Luthers Rückkehr (Scanguards Vampire – Buch 10)

Brennender Wunsch (Eine Scanguards Hochzeit)

Blakes Versprechen (Scanguards Vampire – Buch 11)

Buch 1)

Ein Grieche zum Heiraten (Jenseits des Olymps – Buch 2)

Ein Grieche im 7. Himmel (Jenseits des Olymps – Buch 3

Ein Grieche für immer (Jenseits des Olymps - Buch 4)

Der Clan der Vampire (Venedig 1 – 5)

Begleiterin für eine Nacht (Der Club der Ewigen Junggesellen – Buch 1)

Begleiterin für tausend Nächte (Der Club der Ewigen Junggesellen – Buch 2)

Begleiterin für alle Zeit (Der Club der Ewigen Junggesellen – Buch 3)

Eine unvergessliche Nacht (Der Club der Ewigen Junggesellen – Buch 4)

Eine langsame Verführung (Der Club der Ewigen Junggesellen – Buch 5)

Eine hemmungslose Berührung (Der Club der Ewigen Junggesellen – Buch 6)

Tiger - Auf der Lauer

Codename Stargate - Band 4

Tina Folsom

1

Olivia Morikawa schaltete ihren Laptop aus und klappte ihn zu, bevor sie von ihrem Schreibtisch in ihrem kleinen 3-Zimmer-Häuschen in Alexandria, Virginia, aufstand. Sie nutzte das zweite Schlafzimmer als Büro und hatte es entsprechend eingerichtet, sogar mit einem versteckten Safe im Kleiderschrank. In diesen legte sie jetzt ihren Laptop sowie die externe Festplatte, schloss ihn ab und schob dann die Zedernholzverkleidung darüber, damit niemand sehen konnte, was dahinter versteckt war. Zuletzt hängte sie das Brautjungfernkleid für die bevorstehende Hochzeit ihrer Schwester wieder davor, bevor sie die Tür schloss.

Olivia war normalerweise nicht paranoid, aber seit ihre Science-Fiction-Romane erfolgreich geworden waren und mit den großen Autoren des Genres konkurrierten und diese von den Spitzenplätzen der Bestsellerlisten verdrängten, machte sie sich Sorgen, dass jemand herausfinden könnte, wer hinter dem männlichen Pseudonym T.R. Harland steckte. Ihre Fans waren gespannt auf das nächste Buch und es wurde spekuliert, welcher Protagonist als nächstes durch einen spektakulären Tod umkommen würde. Ihr Verleger hatte ihr mitgeteilt, dass zwei konkurrierende Autoren aktiv versuchten, herauszufinden, wie die Galaxy-Outcast-Serie weitergehen würde. Sie würden sogar gutes Geld für Spoiler bezahlen, um ihre Fans gegen sie aufzuhetzen, bevor das Buch überhaupt veröffentlicht wurde.

Glücklicherweise hatte bisher niemand herausgefunden, dass T.R. Harland kein bärtiger Geek war, der die Gesellschaft der Charaktere in seinem Kopf den Menschen im wirklichen

Leben vorzog, sondern eine etwas schüchterne, 28-jährige Frau mit einem Masterabschluss in Bildender Kunst und einer Vorliebe für Croissants und Tiere aller Art. Sie hoffte, dass ihr Geheimnis niemals gelüftet würde. Selbst ihr Verleger wusste nicht, wer sie war. Sie kommunizierte mit dem Verlag nur per E-Mail und Textnachrichten, und alle Zahlungen, die sie erhielt, gingen an die Firma, die sie gegründet hatte, um ihre wahre Identität zu verbergen. Das hatte sie ursprünglich getan, weil das Sci-Fi-Genre von männlichen Autoren dominiert wurde und sie ohne Erfolgsbilanz davon ausgegangen war, dass kein Verleger auch nur einen Blick auf ihr Manuskript werfen würde, wenn er wüsste, dass sie eine Frau war. Außerdem fügte es eine gewisse Mystik hinzu, wenn die Leser und Autoren nicht ahnten, wer T.R. Harland wirklich war. Olivia suchte keine öffentliche Anbetung. Alles, was sie wollte, war, sich in ihren Geschichten zu verlieren und sie mit der Welt zu teilen.

Die einzigen Menschen, die wirklich wussten, was sie tat, waren ihre Eltern und ihre Schwester Grace. Tatsächlich führte sie oft

Brainstormings mit Grace durch und sprach mit ihr über ihr Schreiben, wenn sie nicht weiterkam, und ging mit ihr verschiedene Szenarien durch, um ihr Feedback zu erhalten.

Die Türklingel riss sie aus ihren Gedanken.

„Olivia?"

„Ich komme schon!", rief sie in Richtung Eingang, schnappte sich ihre Trainingstasche und ihre Yogamatte und eilte zur Tür. Sie öffnete sie.

„Hey, Claire", sagte sie zu der zwei Jahre jüngeren Frau, die vor der Tür stand. „Ich bin nicht zu spät dran, oder?" Sie winkte ihr, einzutreten.

Wie Olivia trug auch Claire Yogahosen und ein enges Top, eine kleine Tasche um den Oberkörper geschlungen, eine Yogamatte unter dem Arm. Ihr langes rotes Haar war zu einem Pferdeschwanz zurückgebunden. „Nein, nein, wir haben noch ein paar Minuten."

„Ich brauche nur meine Schlüssel", sagte Olivia und sah sich in der Diele um, als sie sie auf der Schuhbank entdeckte. „Und mein Handy." Sie rannte zurück ins Büro und fand ihr Handy auf dem Schreibtisch.

Als sie in den Flur zurückkehrte, sah sie, wie Claire vor dem Spiegel ihr Haar zurechtzupfte.

„Du siehst wie immer großartig aus", sagte Olivia.

Claire kicherte. „Es ist harte Arbeit."

„Als ob." Olivia schüttelte den Kopf.

„Ist das ein neues Outfit?", fragte Claire.

„Ach diese alten Sachen?", erwiderte Olivia und deutete auf die brandneuen Yogahosen und das rosa Oberteil, das sie erst Tage zuvor gekauft hatte.

Claire verdrehte die Augen. „Steht dir gut. Ich bin sicher, Jay wird es gefallen."

Olivia spürte, wie sie errötete.

„Ach komm schon, du glaubst doch nicht wirklich, dass niemand bemerkt hat, dass du total in den Typen verknallt bist. Jeder in dem Kurs weiß es."

Olivia seufzte. „Ja, alle außer Jay."

Claire zuckte mit den Schultern. „Männer können manchmal so dämlich sein. Besonders die gutaussehenden."

„Er ist gutaussehend, nicht wahr?", meinte Olivia.

Olivia blickte auf die Uhr in der Diele und

deutete auf die Tür, woraufhin sie und Claire das Haus verließen und losgingen.

In dem Moment, als Jay vor drei Monaten den Yogaraum im *Namaste Studio and Gym* betreten hatte, hatte Olivias Herz begonnen, wie wild zu schlagen. Anfangs konnte sie nicht glauben, dass Jay der neue Yogalehrer war. Er sah nicht aus wie ein Grünkohl essender, veganer, dürrer Yogalehrer, den das Studio normalerweise beschäftigte. Jay war ein großer, muskulöser Typ, der eher wie ein Kickboxer oder Bodybuilder aussah, als wie ein Mann, der ein paar Hausfrauen, gestressten Berufstätigen und Rentnern, die versuchten, gelenkig zu bleiben, Yoga beibrachte. In seinen Yogahosen sah Jay aus wie ein Balletttänzer mit kräftigen Oberschenkeln und schlanken Hüften. Sein Oberkörper war jedoch viel größer als der eines Tänzers, mit einer breiten, muskulösen Brust und starken Armen. Seine Haut war tiefbraun und während des Unterrichts konnte sie oft einen dünnen Schweißfilm darauf sehen und wollte nichts mehr, als diesen von ihm abzulecken.

„Ich meine, warum denn nicht. Olivia?"

Claires Stimme riss sie aus ihren Träumereien. Sie hatte kein einziges Wort von dem gehört, worüber Claire gesprochen hatte. „Was?"

„Ich habe gesagt, du musst was unternehmen. Offensichtlich wird er dich nicht um ein Date bitten, weil du seine Schülerin bist. Du musst also den ersten Schritt machen. Und wenn du ihn heute nicht fragst, werde ich es für dich tun."

Sie blieben vor dem Studio stehen und Olivia sah ihre Freundin an. „Was, wenn er Nein sagt?"

„Dann weißt du es wenigstens. Aber es gibt keinen Grund, warum er nicht mit dir ausgehen sollte. Du bist hübsch, du bist schlau. Was sollte er daran denn nicht mögen? Verdammt, wenn ich lesbisch wäre, würde ich mit dir ausgehen."

„Sehr lustig!"

„Komm schon, reiß dich zusammen und frag ihn einfach", drängte Claire und öffnete die Tür zum *Namaste*.

Im Fitnessstudio meldeten sie sich beide an und gingen dann zum Yogaraum. Vor der Tür zogen sie ihre Schuhe aus und legten ihre Taschen in eins der offenen Fächer.

Als sie mit ihren Yogamatten eintraten, waren bereits mehrere andere Schülerinnen versammelt, ihre Matten in einem geordneten Muster ausgelegt. Leider war die erste Reihe bereits belegt, sodass Olivia sich einen Platz in der zweiten Reihe suchen musste. Offensichtlich war sie nicht die Einzige, die für Jay schwärmte. Auch die Hausfrauen in der ersten Reihe konnten sich seinem Charme nicht entziehen. Als sich die Tür hinter ihr wieder öffnete, wandten die vier Frauen in der ersten Reihe ihre Köpfe.

Waren sie geschminkt? Für eine Yogastunde? Wie lächerlich. Olivia seufzte, drehte aber nicht den Kopf, um zu sehen, wer hereingekommen war, um es nicht zu offensichtlich zu machen, dass sie Jays Ankunft kaum erwarten konnte.

Von ihrer sitzenden Position aus, mit den Augen nach unten gerichtet, erhaschte sie einen Blick auf die nackten Füße des Lehrers, als er sich vor die Kursteilnehmer stellte. Sie waren weiß. Sie hob den Kopf und starrte ihn an. Das war nicht Jay.

„Guten Morgen. Ich bin Mathias. Ich werde heute für Jay einspringen." Der blasse, dürre Typ, der nicht älter als fünfundzwanzig sein konnte, stellte seine Trinkflasche neben seine Yogamatte. Ja, das war definitiv ein Grünkohl-Shake.

Enttäuschung überkam Olivia.

„Das ist jetzt schon die zweite Woche", flüsterte Claire neben ihr.

Olivia warf ihr einen Blick zu. „Glaubst du, er ist krank?"

Claire zuckte mit den Schultern.

„Lasst uns heute Morgen mit etwas tiefem Atmen beginnen", sagte Mathias.

Die ganze Stunde lang machte Olivia mit, genoss jedoch die Übungen nicht wirklich so, wie sie es tat, wenn Jay die Klasse unterrichtete. Anstatt sich zu entspannen und gestärkt zu fühlen, war sie besorgt und fühlte sich gestresst. Sie konnte das Ende des Unterrichts kaum erwarten, und als Mathias die Stunde mit dem üblichen Namaste-Gruß auflöste, stand sie bereits an der Tür. Rasch zog sie ihre Turnschuhe an, schnappte sich ihre Sachen und ging zur Rezeption.

Amber, die Besitzerin des Studios, stand am Computer.

„Hey, Olivia, gute Stunde?", fragte sie.

„Ja, danke, aber es überrascht mich, dass Jay nicht unterrichtet hat. Nichts gegen Mathias", fügte sie hinzu, denn sie wollte Amber nicht glauben lassen, dass der Ersatzlehrer nichts taugte. „Aber ich mag einfach die Art und Weise, wie Jay die Klasse unterrichtet. Ist er krank?"

Amber schnaubte genervt. „Deine Vermutung ist genauso gut wie meine. Er geht nicht ans Telefon. Ehrlich gesagt bin ich so sauer auf ihn, dass er sich, wenn er mich endlich zurückruft, ein anderes Studio suchen kann. Ich brauche zuverlässige Leute."

„Ach", sagte Olivia. „Vielleicht ist ihm etwas zugestoßen."

Amber zuckte mit den Schultern. Dann klingelte das Telefon und sie nahm ab.

Jetzt eher besorgt als enttäuscht ging Olivia nach draußen. Einen Moment später holte Claire sie ein.

„Also, was ist los mit Jay?", fragte Claire.

„Amber wusste es nicht. Anscheinend geht er nicht ans Telefon. Ich habe ein schlechtes Gefühl. Was, wenn ihm etwas zugestoßen ist?"

„Du meinst, dass er einen Unfall hatte?" Sie schüttelte den Kopf. „Wenn das der Fall wäre, hätte sicher jemand das Studio benachrichtigt." Dann verzog sie das Gesicht. „Manche Leute sind einfach unzuverlässig. Besser du findest es gleich heraus. Oder willst du wirklich einen Typen, der dich absägt, nachdem er bekommen hat, was er wollte?"

„Natürlich nicht, aber er kommt mir nicht unzuverlässig vor."

Nein, Jay war ein ernsthafter Typ, fast ein wenig zugeknöpft, und sie konnte sich nicht vorstellen, dass er ohne Erklärung dem Unterricht fernbleiben würde. Nicht zwei Wochen hintereinander. Etwas stimmte nicht. Aber wie konnte sie herausfinden, was?

2

Der riesige Apparat – der wie ein MRT-Gerät aussah, aber etwas viel Gefährlicheres war – machte ein Geräusch wie ein Flugzeugmotor und Jay lag direkt davor und konnte nicht entkommen. Sie hatten ihn unter Drogen gesetzt und an die Bahre gefesselt und seinen Kopf in einen Helm gesteckt. Er konnte keinen Muskel bewegen, nicht einmal seinen kleinen Finger. Sein ganzer Körper war gelähmt und er wurde immer wieder bewusstlos. Um ihn herum waren mehrere Männer in Laborkitteln damit beschäftigt, dies oder jenes zu justieren und sich zu unterhalten. Medizinischer Fachjargon drang zu ihm durch, aber er musste die Worte nicht verstehen. Er wusste, was passieren würde.

Er versuchte dagegen anzukämpfen. Aber er hatte keine Kraft.

Das Gesicht seines Peinigers schwebte über ihm, stachelte ihn an und lachte auf diese heimtückische Art und Weise, wie es nur Cartoon-Bösewichte taten. Das Lachen war wie ein Echo, das von den Wänden der riesigen Halle, in der er sich befand, abprallte. Jay roch den Staub und den muffigen Geruch von etwas, das verrottete. Es roch auch nach Holz und er vernahm den starken Duft eines teuren Eau de Cologne. Smiths Cologne.

Die Bahre, an die Jay gefesselt war, bewegte sich und das Geräusch der Maschine wurde noch lauter, als sich sein Kopf der Mitte der Maschine näherte. Er konnte nur ahnen, was sie mit ihm anstellen würde. Trotzdem wusste er, dass er das nicht überleben würde. Er spürte es in dem Moment, als die riesige kreisförmige Maschine anfing, sich um seinen Körper zu drehen. Es fühlte sich an, als würde ein Magnet versuchen, jede einzelne Zelle aus seinem Gehirn zu saugen.

Er wollte schreien, aber das konnte er nicht. Auch seine Stimmbänder waren gelähmt. Aber in seinem Kopf schrie er, schrie, dass sie ihn rauslassen sollten, schrie, dass jemand ihn befreien sollte. Doch der Schmerz verstärkte sich nur, bis er es nicht mehr aushielt und alles explodierte.

Jay schoss zum Sitzen hoch und erkannte, dass er sich in einem Bett befand. Er war schweißgebadet und brauchte ein paar Sekunden, um sich zu erinnern, wo er war. In Sicherheit. Gerettet von seinen Stargate-Kollegen. Sie hatten ihn im letzten Augenblick befreit. Einen Moment länger in der Maschine und er wäre wie Thomas geendet, ein Stargate-Agent, den Smith vor Jay gefangen genommen hatte: sein Gehirn gebraten, die restlichen Organe nicht mehr funktionsfähig. Mit zitternder Hand strich Jay über seinen Kopf. Die Vertiefungen der Sonden, die sie angebracht hatten, nachdem sie seine ohnehin schon kurzen Haare rasiert hatten, waren jetzt verschwunden, aber die Alpträume blieben. Er hatte sie gegenüber Ace, Fox und Yankee, seinen drei Rettern, nicht erwähnt. Sie konnten ihm bei diesem Teil seiner Genesung nicht helfen, obwohl sie ihm bei allem anderen geholfen hatten.

Ace und seine Verlobte Phoebe hatten ihm ein Zimmer in ihrer großen Villa am Stadtrand von Washington D.C. angeboten. Das Haus hatte einst Henry Sheppard gehört, dem CIA-Agenten, der das streng geheime Stargate-Programm entwickelt und geleitet hatte. Jays Tarnung als Yogalehrer in einem kleinen Fitnessstudio in Alexandria war aufgeflogen. Er konnte deshalb nirgendwo anders hingehen und hatte das großzügige Angebot angenommen. Yankee und seine Freundin Lilly lebten ebenfalls unter Aces Dach. Nur Fox und seine Freundin Michelle lebten in einem Safehouse in D.C., verbrachten aber die meiste Zeit in der Villa und arbeiteten daran, Überwachungsoperationen vorzubereiten und an allem anderen, was den Ex-Agenten helfen würde, die Leute zu finden, die für die Zerstörung des Stargate-Programms und den Mord an ihrem Leiter verantwortlich waren.

Jay stand auf und duschte. Danach fühlte er sich besser. Aber er hatte seinen inneren Frieden noch nicht wiedergefunden. Der Alptraum von dem, was er durchgemacht hatte, störte seit seiner Rettung vor zehn Tagen jede Nacht seinen Schlaf. Er schnappte sich die Yogamatte, die Michelle für ihn bestellt hatte, und machte sich auf den Weg nach unten. Er hörte Stimmen und das Klappern von Geschirr in der Küche, ging aber stattdessen zur Rückseite des Hauses. Er öffnete die Flügeltüren zur Terrasse und trat hinaus. Die Luft war noch frisch, aber in ein paar Stunden würden Hitze und Feuchtigkeit ganz Washington D.C. einnehmen.

Jay breitete seine Yogamatte auf der Terrasse aus und stand in Berghaltung mit geschlossenen Augen da, während er seine Gedanken sammelte. In den letzten drei Jahren, die er seit dem Mord an Henry Sheppard auf der Flucht war, um nicht das nächste Opfer zu werden, hatte er sich Yoga zugewandt, um den Stress zu bewältigen. Seine Ausbildung als CIA-Agent hatte ihm bei allen körperlichen Aspekten geholfen, der

Gefangennahme so lange zu entgehen, aber Yoga zu praktizieren, hatte ihm geistig geholfen. Es hatte ihn so sehr zentriert und bei Verstand gehalten, dass er Jobs als Yogalehrer in verschiedenen Städten in den USA angenommen hatte, doch er war niemals lange am selben Ort geblieben.

Nur in Alexandria war er länger als geplant verweilt. Er hätte nach seinen üblichen sechs Wochen verschwinden sollen, aber eine junge Frau, die jeden einzelnen Kurs besucht hatte, den er im *Namaste Studio and Gym* unterrichtete, hatte ihn mehr gefesselt, als er erwartet hatte. Olivia Morikawa war eine schöne Japanerin, die mindestens zehn Jahre jünger war als er. Zu jung und zu unschuldig für ihn. Doch für die wenigen Worte, die sie während jeder Unterrichtsstunde austauschten, hatte er sein Leben riskiert und es beinahe verloren. Das konnte er nie wieder zulassen. Wenn ihm das nächste Mal eine hübsche Frau ins Auge fiel, würde er sie einfach ficken und die Stadt im Handumdrehen verlassen. Und dabei hatte er Olivia noch nicht ein einziges Mal geküsst, obwohl sie ihn so sehr angezogen hatte, dass er sich nicht überwinden hatte können, zu verschwinden.

Jay brachte seine Gedanken zurück zu seiner Yogapraxis und begann mit einem Sonnengruß, kam jedoch nicht weit. Vor seinen Augen verschwamm plötzlich alles. Das war kein Alptraum, sondern eine Vorahnung. Genau wegen dieser Vorahnungen wurden er und seine Stargate-Agenten gejagt. Sie alle hatten eine übernatürliche Gabe. Sie hatten Visionen von zukünftigen Ereignissen. Und jemand wollte diese Gabe ausnutzen.

Vor seinen Augen spielte sich eine Szene ab. Er sah den Rücken eines Mannes, der in einer schmalen Straße ein kleines einstöckiges Haus betrat. Der Mann sah sich im Eingang um, bevor er durch einen kleinen Bogen in den offenen Wohn- und Essbereich trat. Dort blieb er stehen, und Jays Sichtfeld weitete sich und der Blickwinkel, aus dem er die Szene nun beobachtete, änderte sich, sodass er jetzt das Gesicht des Mannes sehen konnte. Er hatte keinen Zweifel, wer er war. Er würde dieses Gesicht nie vergessen. Es war Smith, der Mann, der ihn gefangen genommen und fast getötet hatte, obwohl Smith offensichtlich nicht sein richtiger Name war.

War das Smiths Zuhause? Jay konzentrierte sich auf das Innere des Hauses und versuchte, Hinweise darauf zu finden, wo es sich befand. Das Wohnzimmer war gemütlich und hatte einen femininen Touch. Die Küche war klein, aber ordentlich und sah nicht so aus, als würde hier jemand viel kochen. Vielleicht war dies eines von Smiths Safehouses? Wahrscheinlich hatte er mehrere davon, wo er sich verstecken konnte, wann immer es notwendig war.

Smith sah sich um und verschwand im Flur, der vermutlich zum Schlafzimmer und Bad führte. Er öffnete eine Tür und dahinter war ein Büro. Er trat ein und die Vision konzentrierte sich auf den Schreibtisch. Es gab keinen Computer, nur einen Monitor und eine Tastatur. Neben dem Monitor hingen mehrere Fotos. Jay zuckte zusammen. Das Foto, das er jetzt sah, zeigte zwei junge Japanerinnen, die in die Kamera lachten. Eine von ihnen erkannte er sofort. Es war Olivia Morikawa, die Frau aus seiner Yogaklasse in Alexandria. Dies war zweifellos ihr Zuhause. Bevor Jay irgendetwas

Hilfreiches erkennen konnte, verschwamm alles vor seinen Augen und die Vision war plötzlich weg.

„Scheiße!", fluchte er und verlor das Gleichgewicht. Er fing sich, bevor er stürzen konnte, und weitete seinen Stand.

Olivia kannte Smith. Tatsächlich war er in ihr Haus hineingegangen, als hätte er das schon oft getan. Wie war Olivias Beziehung zu ihm?

„Möchtest du Frühstück, Jay?"

Als er Aces Stimme von den offenen Terrassentüren hörte, drehte er sich um. „Ja, das brauche ich jetzt."

Ace begegnete seinem Blick. „Was ist los? Wird dir immer noch schwindelig? Lilly kann dich untersuchen ..."

„Nein, mir geht es gut. Aber ich hatte gerade eine Vorahnung. Und Smith kam darin vor. Ich glaube, ich habe vielleicht eine Möglichkeit, herauszufinden, wer er ist und wo er sich aufhält."

3

Olivia spürte, wie ihr Magen knurrte, erhob sich vom Stuhl vor ihrem Computer und ging in die Küche. Sie öffnete den Kühlschrank und spähte hinein. Es gab nicht viel, nur etwas Wein, ein paar Flaschen Wasser, Sahne, Senf und etwas Salat. Sie war nicht gerade eine gute Köchin, aber sie hatte Hunger. Und ein welker Salat würde ihr heute Abend nicht reichen. Sie hatte hart an ihrem Buch gearbeitet und brauchte etwas Reichhaltiges.

Nachdem sie ihren Laptop und ihre externe Festplatte wieder im Safe eingeschlossen hatte, schnappte sie sich ihre Handtasche, stopfte ein paar Stoffbeutel hinein und verließ das Cottage. Um sechs Uhr abends war die Luft schwül und die Straßen immer noch voller Menschen, die von der Arbeit zurückkehrten oder schon früh zum Abendessen unterwegs waren. Olivia machte sich nicht die Mühe, ihr Auto zu nehmen. Sie beschloss, nicht in den zehn Minuten entfernten großen Supermarkt zu fahren, sondern zu einem kleineren, hiesigen Markt mit einer großen Feinkostabteilung zu gehen, wo sie wahrscheinlich etwas finden würde, das sie nur noch aufwärmen musste.

Sie spazierte durch die bezaubernden Straßen von Alexandria, die sie tiefer in die Altstadt führten, das touristische Zentrum der Stadt, welche an den Potomac grenzte. Sie hatte großes Glück gehabt, ein Haus so nahe am Stadtzentrum zu finden. Die Miete war ein wenig teuer, aber das war es wert. Sie konnte fast alles, was sie täglich brauchte, zu Fuß erreichen: das Fitnessstudio, die Post, die Bank, Restaurants und Geschäfte. Das war ihr wichtig, denn als Schriftstellerin war sie ohnehin immer allein. Sie hatte keine Kollegen, keinen Chef, niemanden, mit dem sie sich täglich austauschen konnte.

Olivia blieb vor *Hank & Frank's* stehen und streckte gerade ihre Hand nach dem Türgriff aus, als sie hörte, wie ein Mann ihren Namen rief.

„Olivia?"

Sie drehte sich auf dem Absatz um und traute ihren Augen nicht, als sie sah, wie Jay die schmale Kopfsteinpflasterstraße überquerte und sich ihr näherte. Er sah männlich aus in seinen tiefsitzenden Jeans und seinem lässigen Leinenhemd, einen kleinen Rucksack über die Schulter geschlungen. Irgendetwas war jedoch anders an ihm und sie brauchte eine Sekunde, um zu erkennen, was es war. Sein Kopf war kahlgeschoren. Als sie ihn das letzte Mal gesehen hatte, hatte er sehr kurze schwarze Haare gehabt, was ihm gut gestanden hatte, aber sie musste zugeben, dass ihm der kahle Look noch besser stand.

„Hallo, dachte ich mir doch, dass du es bist", sagte Jay.

Endlich fand sie ihre Stimme wieder. „Jay,

hi, wir haben uns alle Sorgen um dich gemacht."

„Warum denn?"

„Na ja, du bist seit zwei Wochen schon nicht mehr zum Unterricht erschienen und niemand wusste, was los ist."

Seine Stirn runzelte sich. „Aber ich habe doch Amber eine Voicemail hinterlassen, um ihr mitzuteilen, dass ich nicht unterrichten kann." Er zeigte auf seine Schulter. „Eine alte Verletzung der Rotatorenmanschette hat mir wieder Beschwerden gemacht. Ich musste mich einer Behandlung unterziehen. Ich werde noch ein paar Wochen ausfallen, bevor ich wieder volle Bewegungsfreiheit habe."

„Oh, das ist gut. Ich bin froh, dass es heilt." Olivia atmete tief durch. „Aber es ist seltsam, denn als ich Amber fragte, sagte sie, sie habe nichts von dir gehört und sie könne dich nicht am Telefon erreichen."

„Nichts gegen Amber", sagte er, beugte sich näher und senkte seine Stimme zu einem verschwörerischen Flüstern. „Aber ich habe gesehen, wie zerstreut sie manchmal ist. Ich wette, sie hat meine Voicemail gelöscht, bevor sie sie überhaupt angehört hat. Denn wenn sie es getan hätte, hätte sie gewusst, dass man mir mein Telefon gestohlen hat und ich mir eine neue Nummer besorgen musste. Deshalb konnte sie mich nicht erreichen."

„Sie wird erleichtert sein, das zu hören", sagte Olivia mit einem Lächeln. „Ich werde es ihr ausrichten."

„Ich rufe sie morgen an, also mach dir keine Sorgen. Ich werde es mit ihr klären." Dann zeigte er auf den Laden, den sie gerade betreten wollte. „Halte ich dich vom Einkaufen ab?"

„Nein, nein, überhaupt nicht", sagte sie schnell, denn sie wollte nicht, dass er ging, wo sie jetzt endlich die Gelegenheit hatte, außerhalb des Unterrichts mit ihm zu sprechen. „Ich wollte gerade etwas zum Abendessen holen. Mein Kühlschrank ist leer."

„Ich wollte gerade dasselbe tun. Mir einfach was besorgen, das ich in die Mikrowelle schieben kann. Ich bin kein guter Koch."

„Ja, das geht mir genauso." Sie lächelte und holte tief Luft, um all ihren Mut zu sammeln. Sie musste ihn jetzt einladen, bevor der Moment verstrich. „Äh –"

„Tja, da wir offensichtlich beide hungrig sind, warum gehen wir nicht zusammen essen? Ich lade dich ein."

Ihr Herz schlug ihr bis zum Hals und ihr Magen machte einen aufgeregten Salto. „Abendessen, äh …" Sie brachte kaum die Worte heraus.

„Es sei denn, du bist nicht interessiert. Ich meine, ich würde verstehen … ich, äh …"

„Ich bin interessiert, definitiv interessiert", platzte Olivia heraus.

Jay grinste. „Ja, ich auch."

Bei seinen Worten spürte sie Hitze in ihre Wangen schießen. Oh Gott, sie hätte genauso gut sagen können, dass sie mit ihm schlafen wollte! Sie hätte es kaum noch offensichtlicher machen können, selbst wenn sie es versucht hätte.

„Es ist noch früh. Vielleicht bekommen wir auch ohne Reservierung einen Tisch im Chart House", schlug Jay vor. „Magst du Meeresfrüchte?"

„Liebe ich. Meeresfrüchte, ich meine, ich

liebe Meeresfrüchte." Sah sie nervös aus? Schließlich ging sie mit dem Mann essen, für den sie schon schwärmte, seit er angefangen hatte, im Studio zu unterrichten. Und jetzt klang sie wie eine Vollidiotin, nicht wie die Schriftstellerin mit dem Talent für Worte.

„Tja, dann lass uns gehen", sagte Jay.

Als sie sich umdrehte, legte er ihr kurz die Hand auf den Rücken, eine Geste, die sie in die richtige Richtung lenken sollte. Die Berührung seiner Hand war elektrisierend und schickte heiße Lavaranken in ihr Inneres, genau wie jedes Mal, wenn er seine Hände benutzte, um ihre Yoga-Positionen im Unterricht anzupassen.

Als sie zum Potomac hinuntergingen, wo sich das Chart House befand, versuchte Olivia, ihr klopfendes Herz zu beruhigen. Auf dieses Date hatte sie gehofft, seit sie Jay kennengelernt hatte.

„Also, was hast du die letzten zwei Wochen getrieben, da du nicht arbeiten konntest?", fragte Olivia. Sie wusste, dass Männer gern über sich selbst redeten, und so zeigte sie ihm, dass sie an seinem Leben interessiert war.

„Viel Physiotherapie", antwortete er und warf

ihr ein Lächeln zu. „Was von Tag zu Tag langweiliger wird. Ich bin sicher, deine letzten zwei Wochen waren interessanter als meine. Ich glaube nicht, dass du jemals erwähnt hast, was du beruflich machst.“

Überrascht, dass Jay keinen langen Monolog über sein Leben begann und stattdessen Fragen über ihr eigenes stellte, fügte Olivia ihrer Bewertung des gutaussehenden schwarzen Yogalehrers, der anscheinend nicht dachte, dass er das Zentrum der Welt war, ein paar weitere Pluspunkte hinzu.

„Ich bin Lektorin“, log Olivia und bedauerte, dass sie ihm nicht sagen konnte, was sie wirklich tat. Zumindest noch nicht. Sollte es ernst werden, würde sie ihm natürlich sagen, dass sie eine Science-Fiction-Autorin war, aber so früh in einer Beziehung konnte sie dieses Geheimnis nicht preisgeben. Beziehung? Sie übereilte die Sache wirklich. Was, wenn er gar nicht wirklich an ihr interessiert war?

„Für eine Zeitung oder eine Zeitschrift?“

„Weder noch. Ich lektoriere Romane, weißt du, für einen Verlag.“

„Das klingt nach einem tollen Job. Du kannst

Romane lesen, bevor sie überhaupt veröffentlicht werden. Du musst schon an vielen interessanten Büchern gearbeitet haben."

„Ja, habe ich. Es ist definitiv eine Leidenschaft von mir."

„Arbeitest du in einem bestimmten Genre?"

„Ja", sagte sie und beschloss, so weit wie möglich bei der Wahrheit zu bleiben. „Science-Fiction."

„Oh, ich ..."

„Ich weiß, was du sagen willst ... Dass es etwas ist, was Teenager lesen, aber ..."

Er lachte. „Nein, das wollte ich nicht sagen. Ich wollte sagen, dass ich gerne Science-Fiction lese."

„Wirklich? Das sagst du nicht nur?"

„Nein, natürlich nicht. Sci-Fi ist ein großartiges Genre. Es bietet eine optimale Flucht vor all den Problemen des täglichen Lebens."

Sie lächelte ihn an und freute sich, dass er ihr Lieblingsgenre nicht abtat, weil es kein literarisches Werk war. „Als Kind habe ich viel Star Trek geschaut."

„Du warst ein Trekkie?" Er gluckste. „Ich

wette, du würdest süß aussehen in einem von Lieutenant Uhuras Outfits."

Lachend gab sie ihm einen leichten Klaps auf den Oberarm, woraufhin er sich ihre Hand schnappte und sie festhielt. „Ich glaube, ich sollte deine Hand besser anderweitig beschäftigen, bevor du mich wieder auf meine verletzte Schulter schlägst."

Olivia blieb stehen. „Oh, es tut mir so leid, Jay, ich wollte dir nicht wehtun."

Er schüttelte den Kopf und hielt immer noch ihre Hand. „Das hast du nicht, aber wir sollten lieber auf Nummer sicher gehen, oder?" Er deutete auf ihre miteinander verbundenen Hände.

„Du hast recht." Ihr Herz schlug aufgeregt. Jay hielt ihre Hand! Und es war sein Zug gewesen, nicht ihrer.

Als sie das Restaurant erreichten, ergatterten sie einen Tisch auf der Terrasse mit Blick auf das ruhige Wasser des Potomac.

„Ich war schon ein paar Mal mit meiner Familie hier", sagte Olivia, nachdem sie bestellt hatten und der Kellner ihre Cocktails gebracht hatte.

„Leben sie hier in der Nähe, deine Eltern und Geschwister?", fragte Jay und seine Augen zeigten echtes Interesse.

„Meine Schwester schon. Grace und ihr Verlobter leben in einem Reihenhaus in D.C. Aber meine Eltern sind vor ein paar Jahren nach Hawaii zurückgekehrt. Dad hat die Insel zu sehr vermisst."

„Dein Vater ist also ein gebürtiger Hawaiianer?"

„Ja, japanischer Abstammung. Meine Mutter stammt aus Virginia. Sie ist weiß."

„Ich bin sicher, es gibt eine interessante Geschichte darüber, wie sich deine Eltern kennengelernt haben."

Olivia lächelte und nahm einen Schluck von ihrem Cocktail. „Mom war mit ihren College-Mitbewohnerinnen im Urlaub. Sie hat meinem Vater beim Surfen am Strand von Waikiki zugesehen und ich glaube, er hat sie umgehauen. Es war eine stürmische Romanze. Meine Schwester kam weniger als ein Jahr später zur Welt. Sie wurde in Honolulu geboren, aber dann verlor Dad seinen Job und sie beschlossen, aufs Festland zu ziehen. Nur für eine Weile, dachten sie, damit meine Großeltern helfen konnten, uns großzuziehen, und meine Eltern beide arbeiten konnten. Aus ein paar Jahren wurden fünfundzwanzig."

„Man sagt, die Zeit vergeht schnell, wenn man glücklich ist", sagte Jay, als das Essen kam. „Hmm, das sieht fantastisch aus."

Während sie ihr Essen genossen, sprachen sie weiter über ihre Familien.

„Und du, Jay? Hast du Geschwister?"

„Leider nicht. Meine Eltern blieben nicht lange genug zusammen, um mehr als ein Kind zu bekommen, obwohl ich meinen Vater auch nach der Scheidung regelmäßig gesehen habe." Er zuckte mit den Schultern. „Aber ich hatte viele Cousins."

Sie warf ihm ein bedauerndes Lächeln zu. „Ich weiß nicht, was ich ohne meine Schwester gemacht hätte. Wir stehen uns sehr nahe, obwohl wir, da sie bald heiratet, nicht mehr so viel Zeit miteinander verbringen wie früher." Sie seufzte. „Aber ich habe keine Cousins. Meine Mutter und mein Vater haben keine Geschwister." Sie zeigte auf seinen Teller. „Wie schmeckt der Seeteufel?"

„Ausgezeichnet. Willst du einen Happen?", bot Jay an und spießte ein kleines Stück des gegrillten Fisches mit seiner Gabel auf und beugte sich zu ihr, seine Hand unter der Gabel, damit nichts heruntertropfen konnte. „Aufmachen."

Olivia öffnete ihren Mund und erlaubte ihm, sie zu füttern. Als sie den Fisch von der Gabel nahm und probierte, wich Jay nicht sofort zurück. Sein Gesicht war immer noch nah bei ihrem, fast nah genug für einen Kuss. Dieser Gedanke machte sie innerlich wieder heiß.

„Lecker", sagte sie, meinte aber nicht nur den Fisch. Sie war sich sicher, dass Jays Lippen noch köstlicher schmeckten.

„Ja, das finde ich auch." So, wie er sie ansah, war sie sich nicht sicher, ob sie noch über das Essen sprachen. „Wie ist dein Gericht? Darf ich deine Jakobsmuscheln probieren?"

„Na sicher."

Sie brach den Augenkontakt ab und schnitt ein Stück von den riesigen Jakobsmuscheln auf ihrem Teller ab. Dann ahmte sie Jays Handlungen nach und beugte sich näher zu ihm, um ihm ein Stück davon zu füttern. Sie sah zu, wie er es mit Genuss aß, leise kaute und dann schluckte. Ihr Blick schweifte von seinen Lippen hinunter zu seiner Kehle.

„Perfekt", murmelte er und begegnete ihrem Blick. Seine Iris schien eine noch kräftigere Farbe anzunehmen und sah jetzt eher grün als braun aus. „Noch besser, als ich erwartet hatte."

Olivia schluckte. „Ja, auf jeden Fall."

Sie wusste nicht, wie sie das Abendessen und den Nachtisch überstanden hatte, ohne Jay zu bespringen. Er war der Inbegriff eines Gentlemans, höflich, unterhaltsam und lustig. Seine Manieren waren vollkommen tadellos, aber die Art und Weise, wie er Augenkontakt mit ihr machte, gab seinen Worten eine andere Bedeutung. Jay flirtete mit ihr.

4

Jay sah auf Olivias pralle Lippen und musste sich zum x-ten Mal dazu zwingen, sich nicht in der Fantasie zu verlieren, sie zu küssen, als befände er sich auf einem echten Date und nicht einer wichtigen Mission. Aber es war schwer, sich nicht zu fragen, wie ihre Lippen schmecken würden und wie sich ihr Körper an seinen schmiegen würde, wenn er sie umarmte, vorzugsweise ohne einen einzigen Fetzen Stoff zwischen ihnen.

Eine Sache hatte er bereits während des Abendessens herausgefunden: Smith war nicht ihr Vater, weil sie bestätigt hatte, dass ihr Vater

Japaner war. Smith war eindeutig weiß. Er konnte Smith auch als einen ihrer Onkel ausschließen, weil sie keinen hatte. Auch keine angeheirateten Onkel. Aber er konnte hier nicht aufhören. Smith könnte ein Bekannter sein oder jemand, mit dem sie zusammenarbeitete. Er konnte jedoch nicht einfach fragen. Zum einen hatte er kein Foto von Smith, das er ihr zeigen konnte, andererseits wusste er, dass Smith auch nicht der richtige Name seines Erzfeindes war. Und selbst wenn er eine oder beide dieser Informationen hatte, kannte er Olivia nicht gut genug, um zu wissen, dass sie nicht zu Smith laufen würde, um ihm zu berichten, dass sich jemand über ihn erkundigte. Nein, er musste diskreter vorgehen.

Nachdem Jay die Rechnung im Restaurant beglichen hatte, half er Olivia aus ihrem Stuhl. Er ließ ihre Hand nicht los, als sie das Restaurant verließen, und sie entzog sie ihm auch nicht.

„Ich bringe dich nach Hause", bot er an. „Ich habe ein paar Blocks entfernt von dem Laden, wo wir uns begegnet sind, geparkt." Obwohl ihr Treffen kein Zufall gewesen war. Er hatte herausgefunden, wo sie wohnte, und das Haus den ganzen Tag aus der Ferne beobachtet, bis sie endlich zum Einkaufen aufgebrochen war.

„Macht es dir etwas aus, mich zu Fuß nach Hause zu begleiten? Es ist wirklich sehr nah", schlug sie vor.

„Dann lass uns zu Fuß gehen. Es ist so ein schöner Abend."

Die Sonne war untergegangen und die Straßenlaternen erleuchteten ihren Weg. Als sie von der stark befahrenen Hauptstraße in eine der ruhigeren Seitenstraßen abbogen, waren die Straßen weniger hell beleuchtet. Er hielt weiterhin Olivias Hand und mochte das Gefühl ihrer vertrauensvollen Berührung. Es war schon eine Weile her, seit er mit einer Frau Händchen gehalten hatte, und ihm wurde klar, dass er diese unschuldige Geste vermisste.

„Danke für das wunderbare Abendessen, Jay", sagte Olivia.

„Ich bin froh, dass ich dir begegnet bin. Ich habe es genossen, mich mit dir zu unterhalten." Das war nicht gelogen. Sich mit Olivia zu unterhalten, war einfach und lustig gewesen. Sie war klug und nett. Und sie war natürlich. An ihr war nichts gefälscht. Wann immer sich ihr Gesicht gerötet hatte, was oft vorkam, hatte sich Jay von diesem schönen Anblick ablenken und seine Serviette kunstvoll über seinen Schoß drapieren müssen, damit sie nicht sehen konnte, dass er einen Steifen hatte.

Wie ein unerfahrener Teenager! Offensichtlich hatte er schon zu lange keinen Sex mehr gehabt.

„Hier wohne ich", sagte Olivia und zeigte auf ein kleines Häuschen.

Sie gingen zur Tür und blieben dort stehen. Olivia wandte sich zu ihm um, ließ jedoch seine Hand noch nicht los.

„Ich ... äh ..." Sie senkte ihre Lider. „Möchtest du ..." Wieder erstarben ihre Worte.

Er wusste, was sie sagen wollte, aber er hoffte, dass sie es nicht tun würde, denn wenn sie ihn einlud, würde er nicht die Kraft haben, Nein zu sagen.

Olivia hob plötzlich ihr Gesicht zu ihm und bevor er zurücktreten konnte, stellte sie sich auf ihre Zehenspitzen und küsste ihn auf die Lippen.

Ein Fluch entkam ihm.

Erschrocken wich Olivia zurück und ihre Schultern berührten die Eingangstür hinter ihr. „Es tut mir –"

„Entschuldige dich nicht. Ich möchte dich küssen", sagte er und überwand die verbleibende Distanz zwischen ihnen, bevor er eine Hand neben ihrem Kopf an die Tür legte. „Aber bist du sicher, dass du das willst? Denn wenn wir uns küssen, werde ich meine Finger nicht von dir lassen können. Es war schon schwer genug, während der Yogastunden Abstand zu halten."

„Warum würdest du Abstand halten wollen, wenn du mich küssen willst?"

„Ich bin um einiges älter als du. Und ich bin nicht gerade ein geeigneter Freund." Das stimmte, aber es war nicht die ganze Wahrheit. Er wollte sie nicht benutzen. Um Überwachungsgeräte in ihrem Haus zu installieren, musste er nicht mit ihr schlafen. Er könnte sich einfach zu einem späteren Zeitpunkt hineinschleichen, wenn sie nicht da war, und die Sache erledigen.

„Es ist mir egal, ob du als Freund geeignet

bist oder nicht, Jay." Sie legte ihre Hände auf seine Hüften und zog ihn zu sich heran, bis sein Unterleib gegen ihren Bauch drückte.

Ein erstauntes Keuchen entkam Olivias Lippen. „Oh."

„Ja, ich bin hart." Er wusste, dass sie ihn spüren konnte. „Und wenn du mich heute Abend ins Haus einlädst, wissen wir beide, was passieren wird. Also sag mir bitte, ich soll nach Hause gehen und in meinem eigenen Bett schlafen."

Olivia grinste plötzlich und hob eine Hand zu seinem Nacken. „Nein, du gehst heute Nacht nirgendwo hin außer in mein Bett." Sie legte ihre Lippen auf seine.

„Ach, scheiß drauf", fluchte er und nahm, was sie ihm anbot, küsste sie ein paar Sekunden lang hungrig auf den Mund, bevor er seine Lippen von ihren löste. „Haustürschlüssel?"

Sie zog ihre Schlüssel aus der Handtasche und er nahm sie und steckte sie ins Schloss, während Olivia ihn erneut küsste und ihre Handfläche über die Wölbung seiner Jeans gleiten ließ. Er sprang fast aus seinen

Schuhen, denn die Berührung erschütterte ihn und gab ihm zu verstehen, dass er das Verlangen, das er für Olivia empfand, nicht durch nur einen Fick in einer einzigen Nacht stillen konnte.

Irgendwie gelang es ihm, die Tür aufzuschließen und hinter ihnen zuzuschlagen. Er ließ seinen Rucksack auf den Boden fallen, wo er neben Olivias Handtasche landete. In der Dunkelheit der Diele drückte er Olivia gegen die Tür und eroberte erneut ihre Lippen, duellierte sich mit ihrer Zunge und erkundete sie, während er seinen Schwanz an ihrem Bauch rieb.

Er hatte herausgefunden, dass sie achtundzwanzig Jahre alt war, also war das, was sie taten, definitiv legal, aber alles an Olivia deutete auf Unschuld hin. Doch hier war er, vernaschte sie und war bereit, sie gegen die Tür zu ficken. Er musste es langsamer angehen, sonst würde sie ihre Meinung ändern und feststellen, dass ihn hereingelassen zu haben, mehr war, als sie erwartet hatte.

Schweratmend unterbrach Jay den Kuss. „Olivia, bist du dir sicher?"

„Mach Liebe mit mir", antwortete sie, ohne zu zögern.

„Wo ist dein Schlafzimmer?"

Sie nahm seine Hand und ging mit ihm durch das Wohnzimmer in einen kurzen Flur mit drei Türen, von denen zwei offenstanden. Olivia führte ihn in das Zimmer auf der linken Seite und legte den Lichtschalter um. Das schwache Licht der Nachttischlampen tauchte den Raum in ein sanftes Licht. Ein Queensize-Bett mit strahlend weißen Laken dominierte den kleinen Raum. Mit seinem Fuß trat Jay die Tür zu, bevor er Olivia wieder in seine Arme zog.

Olivia war bereits damit beschäftigt, an seinem Hemd zu zerren und es hastig aufzuknöpfen. Er nahm ihre Hände in seine und beruhigte sie.

„Mach langsamer", murmelte er. „Wir haben die ganze Nacht Zeit. Es sei denn, du hast vor, mich in dem Moment, in dem du zum Höhepunkt kommst, rauszuwerfen."

Sie erstarrte plötzlich. War er zu anmaßend gewesen, anzunehmen, sie würde ihm erlauben, über Nacht zu bleiben? War das nicht das, was die meisten Frauen wollten?

„Es tut mir leid. Habe ich etwas Falsches gesagt?"

Olivia schüttelte den Kopf und senkte dann den Blick. „Nein, natürlich nicht. Es ist nur ..."

„Was ist es?"

„Normalerweise ... ich meine ... es ist wirklich schwierig für mich ... ähm ..."

Jay legte seine Finger unter ihr Kinn und hob ihr Gesicht, damit er ihr in die Augen sehen konnte. „Was auch immer es ist, du kannst es mir sagen."

Sie holte tief Luft. „Normalerweise komme ich beim Sex nicht zum Höhepunkt. Ich meine, es spielt keine Rolle und ..."

Er legte einen Finger auf ihre Lippen. „Heute Abend wird es anders sein." Dafür würde er sorgen. Das Mindeste, was er tun konnte, war, ihr Vergnügen zu bereiten. „Entspann dich einfach, ich kümmere mich um dich. Lass mich dich ausziehen."

Langsam begann er, den Reißverschluss ihres farbenfrohen Sommerkleides zu öffnen, bis er die Träger über ihre Schultern gleiten lassen konnte, sodass der weiche Stoff ihren Oberkörper hinabglitt. Darunter trug sie einen hautfarbenen BH. Ihre Brüste waren klein, aber ihre Brustwarzen drückten sich bereits durch den dünnen Stoff und zeugten von ihrer Erregung. Sanft zog er das Kleid über ihre schmalen Hüften, bis sie heraustrat. Ihr Höschen hatte die gleiche Farbe und den gleichen Stoff wie ihr BH. Jay hob das Kleid auf und legte es über einen Stuhl, dann bückte er sich und half ihr, ihre Sandalen auszuziehen, bevor er wieder aufstand.

Er trat zurück, zog seine Schuhe aus und knöpfte sein Leinenhemd auf, streifte es ab und warf es ebenfalls auf den Stuhl. Als er seine Hände auf den Hosenbund seiner Jeans legte, hörte er Olivia einatmen. Er begegnete ihrem Blick und öffnete dann weiter den Knopf. Als er den Reißverschluss herunterzog, richtete sich Olivias Blick auf seine Leiste und sie leckte sich über die Unterlippe.

Die Geste war so sexy und gleichzeitig so unschuldig, dass er fast auf der Stelle gekommen wäre. Er musste seine Kiefer zusammenbeißen, um sich zurückzuhalten, bevor er seine Jeans ausziehen und beiseite werfen konnte. Er zog schnell seine Socken aus, bevor er sich wieder aufrichtete und Olivia ansah. Er trug jetzt nur noch seine Boxershorts. Der schwarze Stoff dehnte sich, sein Schwanz darunter war hart und schwer.

„Du bist wunderschön", murmelte sie und streckte die Hand nach ihm aus. Sie legte ihre Hand auf seine Brust, um die harten Kanten zu streicheln.

„Im Vergleich zu dir bin ich Quasimodo", sagte er unbeschwert.

Ein Lächeln umspielte ihre Lippen und er bemerkte, wie sie sich entspannte. Es war offensichtlich, dass dies neu für sie war, dass sie nicht oft Männer mit nach Hause nahm, um Gelegenheitssex zu haben. Falls sie es überhaupt schon mal getan hatte.

Jay zog sie in seine Arme und küsste sie sanft, seine Lippen nicht fordernd, sondern schmeichelnd, um ihr zu erlauben, in ihrem eigenen Tempo vorzugehen. Olivia öffnete ihren Mund und er neigte seinen Kopf zur Seite, um ihr einen besseren Zugang zu ermöglichen. Langsam schob sie ihre Zunge in seinen Mund und leckte an seiner. Bei der Berührung schoss ein Feuerspeer durch sein Inneres und er konnte nicht anders, als Olivia fester an seinen Körper zu drücken. Sein Schwanz rieb jetzt an ihrem Bauch und er genoss die Weichheit, die ihn wiegte.

Er glitt mit seinen Händen zum Verschluss ihres BHs und öffnete ihn. Sie stieß ein leises Keuchen aus, bevor sie den Kuss intensivierte und ihre Brüste fester gegen ihn drückte. Er konnte fühlen, wie ihre harten Nippel sich an seiner Brust rieben.

Ohne Eile streifte er die Träger ihres BHs über ihre Schultern und trat ein wenig zurück, damit er sie vollständig davon befreien konnte. Als der BH zu Boden fiel, zog er sie wieder an sich und spürte, wie ihre Brüste seine Brust streichelten. Ihm entfuhr ein Stöhnen und er hob Olivia in seine Arme und ließ sie auf das Bett sinken. Er gesellte sich zu ihr, seine Lippen immer noch auf ihren. Er rollte sich nicht über sie, noch nicht. Stattdessen löste er sich aus ihrer Umarmung, sodass er ihre Brüste berühren konnte. Er nahm eine ihrer Rundungen in seine Hand, knetete sie und spielte mit der steifen Knospe, rollte sie zwischen Daumen und Zeigefinger.

Olivia stöhnte und drückte ihren Rücken durch, um ihre Brust in seine Handfläche zu pressen. Er ließ ihre Lippen los und sah sie an. Ihr Gesicht glänzte und sie sah ihn verwundert an.

„Ich kümmere mich jetzt um dich", murmelte er und neigte seinen Kopf zu ihrem Busen. Er leckte zuerst einen Nippel, dann den anderen, bevor er seine Lippen um einen davon schloss und anfing, an ihrem schönen Fleisch zu saugen und zu lecken, während er die andere Brust knetete.

Olivia seufzte und stöhnte. Mit einer Hand umklammerte sie jetzt die Bettdecke und hielt sie so fest, als hinge ihr Leben davon ab. Ihre andere Hand wanderte zu seinem Nacken und streichelte ihn dort. Die Berührung sandte einen Ruck durch seinen Körper direkt in seinen Schwanz. Unwillkürlich schwang er ein Bein zwischen ihre Schenkel und rieb seinen Schwanz an ihrem Bein.

„Du fühlst dich so gut an", sagte sie mit rauer Stimme.

Er ließ ihren Nippel aus seinem Mund rutschen. „Du fühlst dich noch besser an." Dann glitt er an ihrem Körper hinunter und befreite sie von ihrem Höschen. Er drückte ihre Beine weiter auseinander, bevor er sich zwischen ihren Schenkeln breit machte und seinen Kopf an ihr Geschlecht brachte.

„Jay, was machst du …"

Er winkelte ihre Beine an, damit er ihr Geschlecht besser sehen konnte und brachte sie so zum Schweigen. Ihr rosa Fleisch war weich und wunderschön und es glitzerte von ihren Säften. „Wunderschön", murmelte er, dann warf er ihr einen Blick zu und bemerkte, dass sie ihn völlig erstaunt ansah. „Ich möchte dich gerne mit meinem Mund zum Höhepunkt bringen, Baby, wenn's dir nichts ausmacht."

„Wenn's mir nichts ausmacht?" Ihre Brust hob sich und ihre Wangen röteten sich noch mehr.

Jay leckte über ihre warme Spalte, sammelte ihre Säfte auf seiner Zunge und sah, wie Olivias Kopf zurück auf das Kopfkissen fiel.

„Hmm, du schmeckst köstlich. Hätte ich das gewusst, hätte ich kein Dessert bestellt."

Olivia schnappte nach Luft. „Bist du echt oder träume ich nur?"

„Vertrau mir, ich bin echt." Er senkte seine Lippen auf ihre Muschi und begann, sie ernsthaft zu lecken, während er seine Hände unter ihren Hintern schob, um sie ihm entgegenzukippen, damit er sich an ihr ergötzen konnte. Er liebte es schon immer, eine Frau zu lecken, aber in den letzten Jahren war er keiner Frau begegnet, an der er diesen intimen Akt durchführen wollte.

Unter ihm stöhnte Olivia und jetzt krallten sich beide Hände in die Bettdecke. Ihre Hüften bewegten sich und ihr Geschlecht setzte mehr Säfte frei. Er benutzte eine Hand, um besseren Zugang zu ihrer Klitoris zu bekommen. Der winzige Lustknopf war angeschwollen. Zuerst leckte er zärtlich darüber, dann mit mehr Druck. Olivia stieß einen erstaunten Schrei aus.

„Magst du das so?", fragte er.

„Oh ja, Jay, bitte mach es noch einmal."

Er wiederholte die Handlung und entlockte ihr ein weiteres Stöhnen. Sie rieb sich an seiner Zunge und ihre Hüften bewegten sich jetzt schneller. Er passte seinen Rhythmus und seine Geschwindigkeit ihrem an und leckte ihr Lustzentrum, wobei er winzige Kreise um ihren

Kitzler zog, während er mit einem Finger über ihren Schlitz fuhr. Bei ihrem nächsten Stöhnen drang er mit seinem Finger in ihre Scheide. Er presste seine Lippen um ihre Klitoris fest zusammen. Unter ihm schauderte Olivia. Er fühlte ihren Höhepunkt körperlich, als sich ihre inneren Muskeln mehrere Male um seinen Finger verkrampften, bis die Wellen verebbten. Als sie still wurde, zog er seinen Finger aus ihr und ließ ihren Kitzler los.

Langsam kroch er an ihrem Körper hoch und zog sie in seine Arme. „Siehst du? Du kommst doch beim Sex zum Höhepunkt.“

„Wegen dem, was du getan hast. Kann ich dasselbe mit dir machen?“

Sie glitt mit ihrer Hand zu seinen Boxershorts und legte ihre Handfläche auf die Ausbuchtung dort.

Jay legte seine Hand auf ihre. „Ich habe das nicht getan, damit du dich mit einem Blowjob revanchierst. Ich habe das getan, weil ich deine Muschi lecken und dich zum Orgasmus bringen wollte.“

„Was, wenn ich aber deinen Schwanz lutschen will? Würdest du Nein sagen?“

5

Olivia starrte Jay in die Augen. Überraschung flackerte darin auf.

„Bist du sicher, dass du das willst?", fragte er.

Sie drückte seinen Schwanz und liebte es, wie dieser unter ihrer Berührung zuckte. Sie hatte sich noch nie so befriedigt vom Sex gefühlt und sie wollte, dass Jay sich genauso fühlte.

„Zieh das aus."

„Ja, Ma'am", sagte er, als wäre er beim Militär und sie seine kommandierende Offizierin.

Als er seine schwarzen Boxershorts auszog, erblickte sie zum ersten Mal seinen Schwanz. Sie hatte gespürt, dass er groß war, aber jetzt sah sie das ganze Ausmaß davon. Er war riesig – und wunderschön. Sein Schwanz war hart und etwas Feuchtigkeit sickerte bereits aus dem winzigen Loch an dessen Spitze. Dicke Adern schlängelten sich um seinen Schaft und als sie ihre Handfläche um ihn legte, spürte sie die samtweiche Haut, die den stahlharten Stab bedeckte. Sie holte tief Luft. Sie wollte ihn in sich spüren. Er würde sie dehnen, er würde kaum passen, aber sie wollte trotzdem spüren, wie er in sie hineinstieß.

„Leg dich auf den Rücken", befahl sie und er gehorchte.

Sie ließ ihren Blick über seinen Körper schweifen. Er war muskulös, wo es darauf ankam und schlank überall sonst. Seine Hüften waren schmal und er hatte kaum Haare auf seiner Brust. Sein Schwanz stand aufrecht inmitten eines Bettes dunkler Locken. Olivia glitt zwischen Jays gespreizte Schenkel und beugte sich hinunter. Sie neigte ihren Kopf zu seinem Schwanz, ihre Zunge schoss bereits heraus, um ihn zu lecken, als sie hörte, wie er scharf einatmete.

„Verdammt!", zischte er.

Sie hob ihre Lider und begegnete seinem Blick. Seine Augen schienen vor Lust zu lodern und bei diesem Anblick stieg ein Gefühl der Macht in ihr auf. Da wurde ihr etwas sofort bewusst: Jay würde sich ihr hingeben, genauso wie sie sich ihm hingegeben hatte. Sie hatte es noch nie besonders genossen, einem Kerl einen zu blasen, aber was sie in Jays Augen sah, machte sie begierig darauf, seinen Schwanz in ihren Mund zu nehmen und ihn zu befriedigen, bis er sie bat, damit aufzuhören.

Olivia leckte über die knollige Spitze seines Schafts und schmeckte die salzigen Tropfen, die den Scheitel bedeckten. Sie atmete seinen männlichen Duft ein und legte ihre Lippen um die Spitze seiner Erektion, leckte sie dann, um sie zu befeuchten, bevor sie ihre Hand um die Wurzel legte und ihn so tief wie möglich in ihren Mund nahm.

Jay stöhnte wie vor Schmerz und packte sie an den Schultern. „Verdammt, Olivia! Versuchst du, mich in weniger als zwei Sekunden zum Kommen zu bringen?"

Sie machte sich nicht die Mühe zu antworten, sondern hob langsam ihren Kopf, um einen Teil seines Schwanzes freizugeben. Sie behielt die Spitze in ihrem Mund und saugte, wobei ihre Wangen sich bei der Bewegung höhlten.

„Fuck, du bist gut!", krächzte er.

Sein Kommentar gefiel ihr und sie glitt wieder an ihm hinunter. Dieses Mal versuchte sie, ihren Kiefer zu lockern, damit sie ihn tiefer aufnehmen konnte. Mit ihrer freien Hand griff sie nach seinen Hoden und drückte sanft den engen Sack. Jays Schwanz zuckte in ihrem Mund und er stöhnte. Aber er zwang sie nicht, sich zurückzuziehen, verlangte nicht, dass sie seine Eier losließ. Stattdessen stieß er seine Hüften nach oben und forderte sie auf, sich auf ihm auf und ab zu bewegen. Sie folgte seinem unausgesprochenen Befehl, zog sich zurück und bewegte sich dann wieder hinab. Ihr Tempo beschleunigte sich und sie bewegte nun ihre Hand um seine Wurzel im gleichen Rhythmus und Tempo.

Jays Hände auf ihren Schultern wanderten zu ihrem Hinterkopf, führten sie, drängten sie jedoch nicht. Das gefiel ihr, weil es bedeutete, dass er akzeptierte, dass sie das Sagen hatte. Zum ersten Mal beim Sex mit einem Mann hatte sie das Gefühl, die dominante Partnerin zu sein, diejenige, die die Führung übernahm. Es spielte keine Rolle, dass Jay so viel größer und stärker war als sie, weil er seine Macht an sie abgab.

„Baby", rief er plötzlich. „Du musst aufhören, sonst komme ich."

Sie ließ seinen Schwanz aus ihrem Mund gleiten und sah zu ihm auf. „Ich dachte, das wäre der Punkt."

Er gluckste. „Ist es, aber ich würde lieber in deiner Muschi kommen."

Olivia lächelte ihn an und kroch hoch.

„Wie wäre es, wenn du mich reitest?", fragte Jay. „Dann hast du weiterhin die Führung."

„Das gefällt mir." Sie beugte sich zum Nachttisch und öffnete die oberste Schublade. Sie zog ein Kondom heraus und riss die Packung auf, bereit, es über Jays Schwanz zu rollen.

„Das mache ich lieber selbst", sagte er und nahm ihr das Kondom aus der Hand. „Ich fürchte, wenn du das tust, komme ich sofort."

„Bist du immer so leicht erregbar?"

Er fing an, das Kondom über seinen Schwanz zu rollen und warf ihr einen Blick zu. „Siehst du immer so sexy aus?"

Er fand sie sexy? Sie hatte sich noch nie als sexy empfunden. Hübsch, ja, aber eher so wie das nette Mädchen von nebenan.

„Gott, du weißt nicht einmal, wie heiß du bist, oder?", fragte er und zog sie auf sich, sodass ihre Beine zu beiden Seiten seiner Hüften ruhten.

Er richtete seinen Schwanz so aus, dass er am Eingang ihrer Muschi war, dann begegnete er ihrem Blick. „Nimm mich in dir auf, wenn du bereit bist. Nimm dir so viel Zeit, wie du brauchst, damit es nicht wehtut. Ich bin vielleicht ein bisschen groß."

„Ein bisschen groß?" Sie schüttelte lachend den Kopf. „Ich würde es riesig nennen." Langsam senkte sie sich auf ihn und sein Schwanz teilte ihre Schamlippen. Sie spürte, wie sich ihre Muskeln dehnten, und bisher war nur die knollige Spitze seines Schwanzes in ihr. „Nein, ich nenne es lieber enorm", korrigierte sie sich.

Sie sah, wie er die Augen schloss und tief Luft holte. „Verdammt, du bist eng." Er zog seine Unterlippe zwischen die Zähne und atmete langsam aus. Sie fand den Anblick, wie er versuchte, den Drang zu kommen zu bekämpfen, mehr als nur ein bisschen erotisch. Sie fand es berauschend, so sehr, dass sie fühlte, wie sie noch feuchter wurde und wusste, dass sie bereit war, mehr von ihm zu nehmen. Sie senkte sich ein paar weitere Zentimeter, dann noch ein paar. Jetzt konnte sie sich endlich ganz auf ihn senken, bis er bis zum Anschlag in ihr war.

„Fuck!", rief Jay aus.

„Ich glaube, ich liebe *enorm*", sagte sie mit einem Atemzug und senkte ihren Kopf zu seinem, um ihn zu küssen. „Ich liebe es, wie du mich komplett füllst."

Er legte eine Hand auf ihren Nacken und hielt sie fest an sich gedrückt, bevor sie seine andere Hand auf ihrem Geschlecht spürte und er ihre Klitoris berührte. „Jetzt reite mich, Baby, und ich werde dafür sorgen, dass wir dieses Mal gleichzeitig kommen.“

Er fing an, ihre Klitoris zu streicheln.

„Hast du deshalb vorgeschlagen, dass ich dich reite?“

„Ja, weil ich so meine Finger benutzen kann, um deine Klitoris zu berühren und dich zum Höhepunkt zu bringen.“

Olivia richtete ihren Oberkörper auf und begann sich zu bewegen. Sie begann in einem langsamen Rhythmus, aber mit jeder Sekunde erhöhte sich ihr Tempo und sie keuchten beide. So, wie Jay ihre Klitoris streichelte, steigerte sich ihre Erregung und sie fragte sich für einen Sekundenbruchteil, warum keiner ihrer früheren Freunde jemals diese Technik angewendet hatte, um sie zum Höhepunkt zu bringen. Doch Jay, ein Mann, der sie kaum kannte, wusste instinktiv, wie er sie beglücken konnte.

Das Bedürfnis zu kommen stieg in ihr hoch und sie konnte das Herannahen ihres Orgasmus bereits spüren. Sie warf ihren Kopf zurück und spießte sich härter und schneller auf Jays Schwanz. Mit seiner freien Hand auf ihrer Hüfte ermutigte er sie, ihn mit mehr Inbrunst zu reiten, während seine Finger mit ihrem Lustknopf spielten, als wäre es ein Instrument und er ein talentierter Musiker.

„Jay! Oh Gott! Jay, ich komme!"

„Ja!", rief er aus.

Einen Moment später kam sie zum Höhepunkt und spürte, wie sich Jays Schwanz in ihr verkrampfte. Aber er hörte nicht auf, zog sich nicht aus ihr heraus. Stattdessen bewegte er sich und einen Augenblick später fand sie sich mit dem Rücken auf dem Bett wieder, Jay über ihr, während er hart und tief in sie stieß.

„Verdammt, Olivia!", fluchte er, bevor seine Bewegungen langsamer wurden und er schließlich zum Stillstand kam, und sein Gewicht mit seinen Ellbogen und Knien abstützte.

Er sah ihr in die Augen. „Ich glaube nicht, dass ich jemals so hart gekommen bin." Er drückte einen sanften Kuss auf ihre Lippen.

Olivia legte ihre Hand auf seinen kahlen Hinterkopf und lächelte ihn an. „Ich bin noch nie so gekommen. Woher wusstest du, was ich brauche?"

„Ich habe nur das getan, von dem ich

dachte, dass es dir gefallen würde." Er rollte von ihr herunter und befreite sich von dem Kondom, dann zog er sie zurück in seine Arme. „Ist es in Ordnung, dass ich über Nacht bleibe?"

Es erwärmte ihr Herz, zu wissen, dass er nicht der Typ Mann war, der verschwand, sobald er bekommen hatte, was er wollte. Jay war der sensible Typ, die Art von Mann, die sie ihr ganzes Leben lang zu finden gehofft hatte.

„Das wollte ich schon, seit du angefangen hast, im *Namaste Studio* zu unterrichten."

Jay lachte leise. „Dann nehme ich das als ein Ja."

Sie kuschelte sich an ihn und wusste, dass sie ihm keine Antwort geben musste, weil er bereits wusste, was sie wollte.

6

Es war kurz vor zwei Uhr morgens, als Jay wie geplant aufwachte. Olivia schlief friedlich. Er löste sich aus ihren Armen und wartete einen Moment, um sich zu vergewissern, dass er sie nicht aufgeweckt hatte, aber sie schlief tief und fest. Leise und immer noch nackt stieg er aus dem Bett und schlich zur Tür. Lautlos öffnete er sie, schlüpfte hinaus und ging in die Diele, wo er zuvor seinen Rucksack abgestellt hatte. Er machte das Licht nicht an. Der helle Schein der Straßenlaterne von draußen reichte für das, was er tun musste. Die CIA hatte ihn gut ausgebildet. Und Fox hatte ihn mit der

Ausrüstung versorgt, die er brauchte. Er musste sie nur noch installieren.

Er holte die winzigen Überwachungsgeräte aus einer Innentasche seines Rucksacks und machte sich an die Arbeit. Das erste Gerät installierte er im Eingang, um jeden zu erfassen, der das Haus betrat und verließ. Zwei weitere Geräte montierte er im Wohnzimmer und im angrenzenden Küchenbereich, eines versteckt in einem Heizlüfter, das andere auf einem hohen Regal mit dekorativen Tellern, die dem Staub um sie herum nach zu urteilen noch nie benutzt oder bewegt worden waren.

Er ging zurück in den Gang und lauschte auf irgendwelche Geräusche aus dem Schlafzimmer, aber dort war es still. Er marschierte in den anderen Raum, ein Büro, und suchte nach einem geeigneten Ort, um die Wanze zu verstecken. Er beschloss, sie an der Wand zu installieren, wo Olivia ihren Computerarbeitsplatz eingerichtet hatte, obwohl er keinen Laptop sehen konnte, nur einen großen Monitor und eine externe Tastatur. Über dem großen Bildschirm hing eine abstrakte Wanduhr aus Metall und

Drahtgeflecht. Sie erinnerte ihn an eine Uhr, die der berühmte Salvador Dalí gemalt hatte. Es gelang ihm, die Wanze im Drahtgeflecht zu verstecken, und er war zuversichtlich, dass niemand sie entdecken würde.

Jay überlegte, ob er noch ein Gerät in Olivias Schlafzimmer installieren sollte, entschied sich aber dagegen. Wenn sie wirklich etwas mit Smith zu tun hatte, bezweifelte er, dass Olivia ihn in ihr Schlafzimmer einladen würde. So eine Frau war sie nicht. Ja, sie hatte ihn eingeladen, aber er war sich ziemlich sicher, dass sie in ihn verknallt war, seit sie sich kennengelernt hatten, und sie war nicht die Art Frau, die mit mehreren Männern gleichzeitig ging. Auch Jay war in sie verknallt, seit er sie zum ersten Mal gesehen hatte. Aber er hatte sein Verlangen unterdrückt, aus Angst, sie in sein beschissenes Leben hineinzuziehen.

Jay seufzte. Verdammt! Warum hatte er mit ihr geschlafen? Warum war er nicht einfach eingebrochen, wenn sie nicht zu Hause war? Es wäre so einfach gewesen. Dennoch hatte er nicht widerstehen können, sie zu sehen, obwohl er wusste, wozu es führen würde. Wozu es geführt *hatte*. Mit ihr zu schlafen war noch viel unglaublicher gewesen, als er sich jemals hätte vorstellen können. Das war auch der Grund, warum er sich jetzt schuldig fühlte.

Er sollte jetzt verschwinden, während Olivia noch schlief, aber das konnte er ihr nicht antun. Sie würde sich betrogen fühlen und er wollte ihr nicht wehtun. Allerdings hatte er keine Ahnung, wie er überhaupt Schluss machen konnte, ohne dass sie sich ausgenutzt fühlte. Aber letztendlich würde er genau das tun müssen, weil er nicht in Alexandria bleiben konnte. Sein Aufenthaltsort hier war nicht mehr sicher.

Jay hörte plötzlich ein Geräusch aus dem Schlafzimmer. Er öffnete schnell die Tür und schlich hinein.

„Jay?"

„Ich bin da."

„Gehst du weg?"

Er hörte die Panik in ihrer Stimme und glitt schnell unter die Decke. „Ich musste nur etwas Wasser trinken. Ich wollte dich nicht wecken."

Sie kuschelte sich in seine Arme und das Gefühl ihrer weichen Rundungen, die sich an seinen Körper pressten, erregte ihn. Er küsste ihren Nacken und ihre Schulter und sie seufzte auf eine Art und Weise, die ihm zu verstehen gab, dass sie nicht sofort wieder einschlafen würde. Er auch nicht. Nicht mit dem Steifen, den er schon wieder hatte. Er griff zum Nachttisch und schnappte sich ein Kondom. Er rollte es schnell über seine Erektion und löffelte sie erneut.

„Sag mir, dass du nicht wund bist", flüsterte er Olivia ins Ohr.

„Ohh", murmelte sie und presste ihren süßen Hintern gegen seine Leiste. „Ich bin überhaupt nicht wund."

Er griff zwischen ihre Beine und fand ihre Muschi feucht vor. „Gott sei Dank." Dann richtete er seinen Schwanz auf ihr Geschlecht aus und stieß von hinten in sie hinein.

„Oh!" rief Olivia aus.

Jay erstarrte. „Zu hart?"

„Nein." Sie begann sich zu bewegen. „Ich mag es."

Diesmal war ihr Liebesspiel langsamer und sanfter. Sie waren beide entspannter und lernten die Körper des anderen kennen. Er nahm sich Zeit für sie, sorgte dafür, dass sie bekam, was sie brauchte, damit sie zumindest auf diese Nacht als befriedigend zurückblicken konnte. Eine angenehme Erinnerung. Als sie zusammen zum Höhepunkt kamen, hielt Jay sie in seinen Armen, bis sie wieder einschlief, bevor er sich aus ihrer warmen Höhle zog, immer noch halb hart.

Er brauchte lange, um einzuschlafen, aber diesmal war es ein friedlicher Schlaf. Zum ersten Mal, seit seine Stargate-Agentenkollegen ihn gerettet hatten, wurde er im Schlaf nicht von den Erinnerungen daran heimgesucht, was Smith ihm angetan hatte.

Als er gegen sieben Uhr morgens aufwachte, schlief Olivia noch. Er duschte und zog sich an, dann ging er in die Küche und überprüfte den Kühlschrank und die Schränke. Er fand Kaffee und etwas Sahne, aber sonst nicht viel. Er wollte gerade Kaffee kochen, als er die Schlafzimmertür und das Geräusch von nackten Füßen auf dem alten Holzboden hörte.

Er wandte sich um und sah Olivia in einem großen weißen T-Shirt auf ihn zukommen. Sie lächelte ihn an. „Du bist immer noch hier."

„Ich wollte uns Frühstück machen, aber dein Kühlschrank ist ziemlich leer."

„Ja, tut mir leid. Ich wollte gestern Abend einkaufen gehen, aber dann hat mich ein gutaussehender Mann zum Abendessen entführt, und ich hatte keine Gelegenheit, Lebensmittel zu kaufen."

Er lachte leise. Verdammt, sie sah nach dem Aufstehen süß aus. „Dann bin also ich schuld? Na, gut. Wie wäre es, wenn ich dich zum Frühstück ausführe?" Wenigstens würde er sie dann nicht zurück ins Bett schleppen.

Olivia strahlte. „Gib mir fünfzehn Minuten, dann bin ich bereit."

Sie meinte es ernst. Sie brauchte wirklich nur fünfzehn Minuten, um zu duschen und sich fertig zu machen. Er war noch nie einer Frau begegnet, die so unkompliziert war.

In einem gemütlichen kleinen Frühstückslokal zwei Blocks von Olivias Cottage entfernt bestellten sie Kaffee und Croissants und setzten sich in der Morgensonne an einen winzigen Bistrotisch. Es fühlte sich an, als würde er das Leben eines anderen leben. Das Leben eines Menschen, der glücklich und unbeschwert war. Ein Leben, das ihm nicht gehörte. Er wusste, dass es nicht von Dauer sein würde. Seine Feinde waren ihm auf den Fersen und er hatte kein Recht, Olivia da mit hineinzuziehen.

Er sollte nicht einmal hier in diesem Café sein, wo ihn ein Passant erkennen und Smith melden könnte, dass er sich noch in der Gegend aufhielt.

„Ich hatte gestern Abend eine wirklich schöne Zeit", sagte Jay und beugte sich näher zu Olivia.

Sie hob ihre Lider und sah ihm in die Augen. „Ich auch. Ich bin so froh, dass ich dir begegnet bin." Dann atmete sie aus. „Ich habe mich gefragt ... ich meine, ich weiß, dass das vielleicht sehr überraschend ist ... aber ..." Sie zögerte.

Er küsste sie auf die Wange und atmete ihren süßen Duft ein. „Was?"

„Na ja, Grace, meine Schwester, heiratet dieses Wochenende und ich habe kein Date für die Hochzeit. Ich habe mich gefragt, ob du vielleicht mitkommen willst."

Sie platzte mit den Worten heraus und Jay

erkannte, dass sie all ihren Mut aufgebracht hatte, um diesen Vorschlag zu machen.

Verdammt! So gerne er sie zu einer Hochzeit begleitet hätte, konnte er das auf keinen Fall tun. Bei einer solchen Veranstaltung war die Wahrscheinlichkeit, dass jemand, der mit Smith in Verbindung stand, ihn erkennen würde sogar noch höher, als in diesem Café zu sitzen.

„Ähm", sagte er und versuchte einen Weg zu finden, Nein zu sagen, ohne sie zu verletzen. „Ich bin nicht wirklich der Hochzeitstyp. Ich meine, du kennst mich gar nicht richtig, und deine Familie wird da sein ...“

„Ich verstehe", sagte sie, und das Lächeln, das sie ihm zuwarf, sah gezwungen aus. „Es ist schon okay. Ich dachte nur, ich frage einfach.“

„Wenn ich mitkommen könnte, würde ich es tun", sagte Jay und legte seine Finger unter ihr Kinn, sodass sie ihn ansehen musste. „Es ist nur so, dass in meinem Leben gerade viel los ist." Er drückte ihr einen Kuss auf die Lippen und fühlte sich wie ein Scheißkerl. Olivia verdiente einen echten Freund, einen Mann, der sich an sie binden konnte, nicht einen, der sie benutzte, um Informationen über Smith zu bekommen.

Er musste von hier weg, bevor er alles noch schlimmer machte.

„Es wird spät", sagte er. „Ich muss zu meinem Physiotherapietermin."

„Oh, sicher. Hast du später noch was vor? Vielleicht könnten wir uns treffen."

„Ich wünschte, ich könnte, aber ich habe viele Besorgungen zu erledigen. Kann ich dich anrufen?"

„Sicher." Sie zückte ihr Handy und entsperrte es. „Gib mir deine Nummer, damit ich dir meine schicken kann."

Verdammt, sie war schlau. Er hatte keine andere Wahl, als ihr die Nummer des Wegwerfhandys mitzuteilen, das Fox ihm gegeben hatte, um mit den anderen Ex-Stargate-Agenten zu kommunizieren. Als sein Handy pingte, sagte er: „Ich hab's."

Er musste die SIM-Karte später loswerden und gegen eine andere austauschen, um sicherzustellen, dass er nicht zurückverfolgt werden konnte, sollte die Nummer in Smiths Hände fallen. Er bedauerte, dies tun zu müssen, aber sein Leben und das der anderen Agenten stand auf dem Spiel. Und er konnte seine Freunde und sich selbst nicht in Gefahr bringen, nur weil er für ein schönes Mädchen schwärmte. Ach, verdammt, wem machte er da was vor? Es war nicht nur ein Schwärmen. Er hatte sich langsam in Olivia verliebt, seit er im Yogaunterricht zum ersten Mal ihre Hüften in die Position des Herabschauenden Hundes gebracht hatte. Mit ihr zu schlafen hatte die Tatsache zementiert, dass dies keine flüchtige Verliebtheit war.

Aber er konnte nicht das tun, was seine Gefühle verlangten, egal wie sehr es schmerzte, Olivia gehen zu lassen.

7

„Schaut mal, wer wieder da ist", rief Fox, als Jay den Computerraum in Aces Villa betrat. „Muss eine gute Nacht gewesen sein."

Der Raum war mit der neuesten Technologie ausgestattet und laut Fox verhinderte die graue Farbe, mit der der Raum gestrichen war, dass Feinde sie belauschen konnten, falls sie jemals herausfinden sollten, wo sie sich versteckten.

Fox war nicht allein. Tatsächlich war die gesamte Bande versammelt. Michelle saß neben Fox und tippte auf eine Tastatur ein, während Ace und Yankee über eine große Karte gebeugt saßen, die auf dem größten

Schreibtisch im Raum ausgebreitet war. Phoebe und Lilly gingen Stapel von Ausdrucken durch und verglichen sie mit anderen Papierstapeln.

„Hey, Leute", sagte Jay.

Alle begrüßten ihn.

Ace deutete auf einen Computermonitor in einer Ecke. „Wir leiten die Kamera- und Tonaufnahmen von Olivias Haus direkt an diesen PC. Er zeichnet alles auf. Gut gemacht."

„Ja", fügte Fox hinzu, „die Wanzen sind perfekt platziert. Wir werden sehen, ob Smith dort auftaucht wie in deiner Vorahnung. Und wenn sie mit ihm telefoniert, können wir zumindest ihre Seite des Gesprächs aufzeichnen."

Jay nickte, obwohl er nicht sehr stolz auf das war, was er getan hatte. „Das ist gut."

„Hey, Tiger", sagte Fox. „Habe ich dir nicht fünf Geräte zum Installieren gegeben? Muss mich wohl verzählt haben."

„Nein, hast du nicht. Ich hatte eine fünfte, aber ich habe beschlossen, ihr Schlafzimmer nicht zu verwanzen."

„Warum nicht? Was, wenn Smith ihr Liebhaber ist?", fragte Fox.

„Du weißt schon, Bettgeflüster und so", fügte Yankee hinzu.

„Er ist nicht ihr Liebhaber", sagte Jay.

„Woher willst du das wissen? Sicher, es gibt einen Altersunterschied, aber vielleicht ist er ihr Sugar Daddy", beharrte Fox.

„Ist er nicht!", knurrte Jay und funkelte Fox wütend an.

Fox atmete tief durch. „Und das weißt du, weil du eine Nacht mit ihr verbracht hast? Komm schon."

„Nick!" Michelle legte ihre Hand auf Fox' Arm. „Stopp! Es geht dich nichts an, oder soll ich dich daran erinnern, dass du dachtest, du könntest Emotionen aus dem Spiel heraushalten, als du mit mir geschlafen hast, um Informationen über Smith zu bekommen, und dass du genauso kläglich gescheitert bist wie Tiger?"

Jay wusste nicht, ob er Michelle dafür dankbar sein sollte, dass sie ihren Freund tadelte, oder ob er sich darüber ärgern sollte, dass sie ihn durchschaut hatte.

„Tut mir leid, Jay", sagte Michelle. „Aber ich habe heute Morgen auf der Aufnahme gesehen, wie du sie angesehen hast. Ist schwer zu übersehen."

Ach, verdammt! Jetzt wusste jeder, wie es um ihn stand, und alle starrten ihn an. Er starrte zurück. „Ich tue, was ich tun muss: Ich benutze sie, um Smith zu finden. Ende der Diskussion. Es spielt keine Rolle, dass ich sie gefickt habe, okay? Sie ist ein Mittel zum Zweck."

Wen versuchte er hier zu verarschen? Nicht einmal er selbst glaubte das.

„Wir müssen Smith finden und Olivia ist bisher unsere einzige Spur. Oder habt ihr was Besseres gefunden?", schnaubte Jay.

Ace erhob sich, sprach jedoch mit ruhiger Stimme. „Noch nicht. Wir arbeiten immer noch daran, Verkehrskameras und alle Kameras an Bahnhöfen und Metrostationen in der Nähe des Lagerhauses, das wir in die Luft gesprengt haben, zu überprüfen, aber bisher ist sein Gesicht nirgendwo aufgetaucht." Er zeigte auf Lilly. „Lilly vergleicht jede Autozulassung mit den Führerscheinen der Besitzer, um zu sehen, ob sie sein Gesicht erkennt. Yankee tut dasselbe."

„Ja, das Problem ist", warf Fox ein, „dass wir

das alles manuell machen müssen. Wenn wir ein aktuelles Bild von Smith hätten, könnten wir es durch die Gesichtserkennung laufen lassen. Aber wir haben keins."

Jay holte tief Luft und beruhigte sich. Er wusste, dass alle ihr Bestes gaben und unermüdlich daran arbeiteten, Smith und für wen auch immer er arbeitete, zu finden. Sie hatten alle das gleiche Ziel.

„Ich bin nur ein bisschen erschöpft", gab Jay zu.

„Wie geht es deinem Kopf?", fragte Lilly besorgt und erhob sich von ihrem Stuhl. „Bekommst du immer noch Kopfschmerzen?" Sie war Ärztin, eigentlich eine medizinische Forscherin, war aber mit Yankee untergetaucht, nachdem Smith versucht hatte, sie zu eliminieren. Sie und Yankee lebten jetzt in Aces Villa, genau wie Jay.

„Nicht mehr so arg, danke."

„Wenn du willst, dass ich dir etwas dafür gebe ...", bot Lilly an.

„Mir geht es gut. Ich will nicht unter Drogen gesetzt werden." Smith hatte ihn unter Drogen gesetzt, und er hatte sich hilflos gefühlt. Er wollte sich nie wieder so fühlen. Er hatte lieber Schmerzen. „Ich muss einen klaren Kopf bewahren." Er wandte sich an Ace. „Woran soll ich arbeiten?"

„Wie wäre es mit einem kurzen Überblick darüber, was du bisher über Olivia Morikawa herausgefunden hast und wie sie mit Smith in Verbindung gebracht werden könnte?", fragte Ace.

Jay nickte. „Sie kommt aus einer kleinen Familie. Ihr Vater stammt aus Hawaii. Japaner, was bedeutet, dass Smith weder ihr Vater noch ein Onkel ist, weil wir wissen, dass Smith weiß ist und in den Fünfzigern oder frühen Sechzigern ist." Was eine große Erleichterung war. Denn Gefühle für die Tochter seines Erzfeindes zu haben, wäre das Schlimmste, was ihm passieren könnte. „Weder ihre Mutter noch ihr Vater haben Geschwister. Das bedeutet auch, dass es keine Cousins gibt. Ich bin mir ziemlich sicher, dass sie nicht mit Smith verwandt ist. Also bleiben Freunde, Bekannte und eventuelle berufliche Verbindungen."

„Ist es möglich, dass sie für ihn arbeitet?", fragte Ace.

„Das bezweifle ich. Sie ist Lektorin bei einem Verlag im Sci-Fi-Genre. Ich muss das etwas genauer überprüfen, aber es sollte nicht allzu schwer sein, herauszufinden, für wen sie arbeitet. Es muss ein W-2 oder ein anderes Steuerformular geben, aus dem hervorgeht, wer dieser Herausgeber ist."

„Du hast sie nicht nach dem Namen ihres Arbeitgebers gefragt?", fragte Ace.

„Das Gespräch kam nicht darauf. Ich wollte nicht zu offensichtlich sein und klingen, als würde ich sie verhören."

„Gut. Freunde? Bekannte?"

Jay zeigte auf den Computer mit dem Raster aus Kameraaufnahmen, die das Innere von Olivias Cottage zeigten. „Hier werden sich die Wanzen als nützlich erweisen. Wir finden heraus, wer sie besucht und mit wem sie telefoniert. Ich habe auch ihre Handynummer." Er wandte sich an Fox: „Fox, kannst du ihre Telefonrechnungen bekommen, um zu sehen, mit wem sie regelmäßig spricht?"

„Kein Problem."

Jay zückte sein Handy und suchte die Nummer, unter der Olivia ihn im Café angerufen hatte. „Ihre Nummer ist 202-555-0977."

„Alles klar."

„Oh, und ich brauche eine neue SIM-Karte. Ich kann diese Nummer nicht mehr verwenden. Olivia kennt sie."

Fox hob eine Augenbraue. Seinem Gesichtsausdruck nach zu urteilen, dachte Fox wahrscheinlich, dass er ein Amateur war, aber Fox hatte genug Verstand, seine Gedanken für sich zu behalten. „Gib es mir. Ich setze eine neue ein."

„Danke, ich weiß das zu schätzen." Jay reichte ihm sein Handy. Dann sah er zurück zu Ace. „Also, was kommt als nächstes?"

Ace ging auf ihn zu. „Du könntest mir draußen bei etwas helfen."

„Sicher." Was auch immer es war, es war besser, als nichts zu tun und an seine Nacht mit Olivia zurückzudenken. Denn je mehr er an sie dachte, desto mehr Schuldgefühle bekam er.

Sie verließen den Computerraum und schlossen die Tür hinter sich. Ace führte ihn in ein kleineres Zimmer, von dem Jay wusste, dass es Aces privates Büro war.

„Ich dachte, du wolltest, dass ich dir draußen bei etwas helfe."

Ace verzog das Gesicht. „Ich wollte allein mit dir reden. Komm."

Jay betrat das kleine Büro mit der Mahagoniholzvertäfelung und dem schweren Schreibtisch und sah sich um. „War das Sheppards?"

Henry Sheppard, der Direktor des streng geheimen Stargate-Programms bei der CIA, hatte Scott Thompson im Alter von elf Jahren adoptiert, und Jahre später hatte Sheppard ihm den Codenamen Ace gegeben. Ace war der erste Agent in dem Programm, das Sheppard bis zu seinem Tod vor mehr als drei Jahren führte.

Ace schüttelte den Kopf. „Mein Vater hat nie zu Hause gearbeitet. Wenn er nach Hause kam, gab es immer nur uns beide, wir redeten, spielten ..."

„Dann war er also ein guter Vater?"

„Der beste. Er verstand mich, und ich verstand ihn."

„Du hast Glück gehabt. Ich wünschte, jemand hätte meine Gabe so früh verstanden."

Stattdessen hatte er sich für eine Laune der Natur gehalten.

„Ich hatte Glück, ja. Aber wir sind nicht hier, um über mich zu sprechen. Wie geht es dir wirklich, Jay?"

Überrascht, dass Ace ihn mit seinem Vornamen und nicht mit seinem Codenamen anredete, starrte Jay ihn ein paar Sekunden lang an, bevor er eine Antwort auf diese scheinbar banale Frage hatte.

„Die Kopfschmerzen werden besser."

„Was ist mit den Alpträumen?"

Jay schnappte nach Luft. „Woher –"

„Phoebe", sagte Ace. „Je weiter die Schwangerschaft fortschreitet, desto schlechter schläft sie. Sie hat dich gehört, als sie an deinem Zimmer vorbeiging. Sie hat nicht rumgeschnüffelt, vertrau mir, aber sie macht sich Sorgen um dich. Ich mir auch."

„Es geht mir gut." Ja, das war eine große, fette Lüge.

„Wir wissen beide, dass das nicht stimmt. Du bist nur knapp mit deinem Leben davongekommen. Niemand würde es dir verübeln, wenn du dir etwas Zeit nehmen würdest, um dich vollständig zu erholen. Wir haben alles im Griff."

„Nichts zu tun, macht es noch schlimmer. Was Smith mir angetan hat, war schlimmer als jegliche körperliche Folter, die ich je erlitten habe. Er hat versucht, mir meine Gedanken zu nehmen, mein Gehirn, genau das, was mich zu der Person macht, die ich bin. Ohne meinen Verstand bin ich nichts. Ohne meine Vorahnungen bin ich nicht vollständig, bin ich nicht ich. Das musst du verstehen. Und er hat versucht, mir all das wegzunehmen, um einen verdammten Quantencomputer zu bauen, der weiß Gott was für schreckliche Dinge ermöglichen wird."

Ace nickte mit ernster Miene. „Und dafür kriegen wir ihn. Letztendlich. Hör zu, du hast mehr durchgemacht als der Rest von uns, also versteh das nicht falsch, aber die Maschine, mit der er versucht hat, deine Gehirnströme zu scannen, könnte deine Sinne und dein Gemüt verändert haben."

„Was willst du damit sagen?"

Ace seufzte. „Ich will nur sagen, dass dein Urteilsvermögen vielleicht im Moment nicht das beste ist. Vielleicht solltest du einen Schritt zurücktreten, um einen besseren Überblick zu bekommen."

„Warum rückst du nicht gleich damit raus, hmm? Warum sagst du mir nicht ins Gesicht, dass du es nicht gutheißt, dass ich Olivia gefickt habe? Dass ich mir einmal in meinem Leben genommen habe, was ich wollte, ohne mich um die Konsequenzen zu scheren? Ich sehe nicht, dass du wie ein Mönch lebst. Weißt du was, Ace? Fick dich!"

„Ich hatte befürchtet, dass du das sagen würdest", sagte Ace ruhig.

„Was zum Teufel?"

Plötzlich lachte Ace leise. „Ich schätze, Michelle hatte recht. Du magst Olivia."

Jay öffnete bereits den Mund, um Ace zu sagen, er solle seine Meinung dahin schieben, wo die Sonne nicht schien, aber sein Stargate-Agentenkollege stoppte ihn.

„Hey, ich mache dir keine Vorwürfe. Ich hoffe nur um deinetwillen, dass sich herausstellt, dass Olivia nichts mit den schrecklichen Dingen zu tun hat, hinter denen Smith steckt. Oder falls das der Fall ist, dass du sie dazu bringen kannst, die Seiten zu wechseln. Jetzt geh und ruh dich ein paar Stunden aus. Wir wechseln uns ab, den Live-Feed von Olivias Haus anzusehen. Du kannst später übernehmen."

Jay holte tief Luft, bevor er nickte. „Gut." Vielleicht würde er sich nach ein paar Stunden Ruhe besser fühlen, obwohl er bezweifelte, dass die Schuldgefühle, die er hatte, weil er Olivia benutzte, sich in Luft auflösen würden, egal wie lange er sich ausruhte.

8

Wie Ace es verlangt hatte, ruhte sich Jay aus, was in seinem Fall bedeutete, dass er draußen im Garten Yoga praktizierte und meditierte. Dann ging er joggen, aber da er das Grundstück aus Angst, erkannt zu werden, nicht verlassen konnte, blieb er innerhalb der Mauern des Anwesens und rannte um die Villa herum, bevor er die Treppe im Haus für Trainingszwecke nutzte. Schwitzend ging er zurück in sein Zimmer, zog sich aus, duschte sich und zog sich saubere Sachen an, bevor er sich mit einigen der anderen zu einem späten

Mittagessen in der großen Küche traf, zu dem jeder nach Belieben kam und ging. Es kam selten vor, dass sie alle gleichzeitig zum Essen zusammensaßen. Irgendjemand war immer an den Computern, nur für den Fall, dass irgendetwas auftauchte, auf das unverzüglich reagiert werden musste.

Mit dem Gefühl, dass sein Verstand jetzt etwas klarer war, ging er in den Computerraum, begierig darauf, zur Suche nach dem schlüpfrigen Mr. Smith beizutragen.

Seine drei Stargate-Kollegen standen um den Computer herum, der die Überwachungsaufnahmen von Olivias Cottage zeigte. Warum zum Teufel starrten sie alle auf den Computerbildschirm? Beobachteten sie sie beim Ausziehen?

Ärger stieg in ihm auf und er trat näher. „Was geht hier vor sich?"

Alle drei drehten sich um und starrten ihn an, niemand sagte ein Wort. Er überbrückte die Distanz zum Monitor und blickte darauf. Er entdeckte Olivia, die vollständig angezogen in ihrem Büro saß und auf der Tastatur tippte. In ihrem Häuschen war nichts los. Sie hatte keine Besucher. Warum also sahen Ace, Fox und Yankee so bedrückt drein?

„Spiel es ab, Fox, und dreh die Lautstärke auf", sagte Ace.

Fox machte ein paar Tastenanschläge, und das Fenster, das Olivias Büro zeigte, füllte nun den gesamten Bildschirm aus. Fox drückte die Play-Taste.

Olivias Handy klingelte. Sie sah es an, hob es auf und drückte es an ihr Ohr.

„Ich konnte dich vorhin nicht erreichen."

Es gab eine kurze Pause, während der die andere Person sprach, aber Jay konnte diese Seite des Gesprächs nicht hören, nur Olivias Antworten.

„Wie ich schon sagte, ich muss mir etwas Gutes einfallen lassen, bevor alles den Berg runter geht ... Nein, das ist zu früh ... Ich meine, wir wissen zu diesem Zeitpunkt kaum, welche Leichen er im Keller hat ... Ich glaube, es ist nur fair, sie vorher zu enthüllen ..."

Es entstand eine längere Pause, während der Jay die Luft anhielt. Von wem sprach sie?

„Nein, ich kann ihn noch nicht töten. Viel zu früh.“

„Verdammt!“, fluchte Jay und tauschte einen Blick mit seinen Kollegen aus, die genauso schockiert aussahen, wie er sich fühlte. Aber er hatte keine Zeit, die Neuigkeit zu verdauen, denn Olivia fuhr fort.

„Außerdem habe ich mich noch nicht für die Todesart entschieden. Belladonna wird langweilig, und es passt auch nicht wirklich. Und Dolche sind zu chaotisch ...“ Dann lachte sie unerwartet. „Ja, das wäre blutig. Aber das habe ich schon zu oft gemacht. Ich will etwas Neues, etwas Frisches. Ich fühle es gerade nicht, weißt du?“ Sie hielt wieder inne. „Und bevor ich es vergesse, da ist noch das Problem mit dem zweiten Liebhaber. Ich muss das lösen, bevor ich ihn loswerden kann.“ Sie schüttelte den Kopf. „Nein, es muss so sein, dass weder er noch jemand anderes es kommen sieht. Würdest du bitte einmal scharf nachdenken? Ich bin heute nur etwas müde ... Danke ... Okay, ja, tschüss.“

Olivia beendete das Gespräch und tippte dann wieder fröhlich auf ihrer Tastatur weiter, als hätte sie nicht gerade einen Mord geplant. Und wenn sein Verdacht stimmte, *seinen* Mord.

Fox stoppte die Aufnahme und ein paar Sekunden lang sagte niemand etwas. Nur das Summen der Computer und der Klimaanlage war im Raum zu hören.

„Sie plant, mich umzubringen", sagte Jay, und das Blut gefror in seinen Adern. Wie hatte er sich in ihr nur so irren können?

„Na, das kannst du nicht wissen", sagte Fox schulterzuckend. „Sie hat deinen Namen nicht erwähnt."

„Würdest du das tun, wenn du auf einer ungesicherten Leitung sprechen würdest?", fragte Jay.

„Nein, aber ich würde auch nicht am Handy einen Mord planen", schoss Fox zurück.

„Sie kommt mir nicht wirklich wie eine kaltblütige Attentäterin vor", fügte Yankee hinzu. „Aber wenn sie es ist, ist es eine verdammt gute Verkleidung. Sie hat die Unschuldige-Bibliothekarin-Art gut drauf."

„Lasst uns keine voreiligen Schlüsse ziehen", sagte Ace. „Vielleicht gibt es eine harmlose Erklärung für dieses Gespräch. Wie wäre es, wenn wir zuerst herausfinden, mit wem sie gesprochen hat? Fox?"

„Könnte eine Weile dauern, da der Anruf gerade erst stattgefunden hat. Ich muss mich in die aktuellen Protokolle ihres Mobilfunkanbieters hacken. Das ist ein bisschen komplizierter, als ihre alten Telefonrechnungen runterzuladen."

„Mach das", sagte Jay und schätzte Aces Vorschlag. Er wollte nicht glauben, dass Olivia ihn töten wollte. Aber welche anderen Schlüsse konnte er aus den Dingen ziehen, die sie am Telefon gesagt hatte? Und selbst wenn sie nicht seinen Mord plante, sondern den eines anderen, würde es immer noch dasselbe bedeuten, nämlich, dass Olivia eine Mörderin war. Und das konnte er nicht akzeptieren.

„Ich muss zu ihr." Die Worte waren heraus, bevor er überhaupt wusste, dass er die Entscheidung getroffen hatte, in die Höhle des Löwen oder in diesem Fall in die Höhle der Löwin zu gehen.

„Bist du verdammt nochmal verrückt?", fragte Yankee. „Hast du nicht gerade selbst gesagt, dass sie vorhat, dich umzubringen?"

„Ja, aber sie hat auch gesagt, dass sie die Todesart noch nicht festgelegt hat, also denke ich, dass ich für heute Nacht nicht in Gefahr bin", wich Jay aus.

„Es sei denn, sie improvisiert", wandte Fox ein.

„Solltest du dich nicht in ihre Handydaten hacken?", bellte Jay ihn an.

Fox hob kapitulierend die Hände. „Sag nicht, ich hätte dich nicht gewarnt." Er marschierte zu seinem Arbeitsplatz.

„Bist du dir da sicher, Tiger?", fragte Ace und warf ihm einen langen, harten Blick zu.

„Ich gehe bewaffnet rein."

Ace spottete. „Und was wirst du sagen, wenn du sie siehst? Du kannst sie nicht einfach direkt fragen."

„Mir wird schon etwas einfallen." Mit einem Blick auf Fox fügte er hinzu: „Vielleicht improvisiere ich."

Fox zeigte ihm den Vogel. „Geh und lass dich umbringen. Ich schicke dir eine SMS, sobald ich weiß, mit wem sie gesprochen hat."

Eine Stunde später verließ Jay die Villa und machte sich auf den Weg nach Alexandria, wobei er alle möglichen Vorsichtsmaßnahmen traf, falls jemand versuchte, ihn irgendwo auf dem Weg zu verfolgen. Er wechselte mehrmals das Verkehrsmittel, um sicherzustellen, dass ihm niemand folgte, und er überprüfte die Gegend um Olivias Cottage, um sicherzugehen, dass niemand draußen auf der Lauer lag. Ace hatte per Telefon bestätigt, dass niemand Olivias Haus betreten oder verlassen hatte, seit sie zuvor den Anruf getätigt hatte.

Er konnte nicht länger warten. Von draußen sah er, dass es in Olivias Büro noch hell war, aber als er durch das Fenster hineinblickte, sah er sie nicht. Jay ging zur Haustür und drückte auf die Türklingel. Er hörte das sanfte Klingeln im Inneren des Hauses. Einen Moment später kamen Schritte näher und dann wurde das Licht unter dem winzigen Vorbau, unter dem Jay stand, eingeschaltet.

Eine Sekunde später öffnete sich die Tür und Olivia sah ihn sichtlich verblüfft an. Dann breitete sich ein breites Lächeln auf ihrem Gesicht aus und sie griff nach ihm.

„Warum hast du nicht angerufen, dass du vorbeikommst?", fragte sie und deutete auf ihre

Kleidung. Sie trug ein Nachthemd und einen Bademantel darüber. „Ich hätte mich angezogen." Sie errötete.

Würde eine Mörderin wirklich so erröten wie Olivia? Verdammt, er hoffte nicht.

„Wenn ich störe, kann ich gehen. Ich dachte nur, vielleicht ..."

Sie zog ihn hinein und schlang bereits ihre Arme um ihn, während er die Tür hinter sich zutrat und seinen Mund auf ihre einladenden Lippen senkte. Sie schmeckte nach Minze und Unschuld, und er konnte der offenen Einladung nicht widerstehen, egal ob sie von einer Mörderin kam oder nicht. Sein Mund hielt immer noch ihren gefangen und er drückte sie mit dem Rücken an die Wand und schob seine Hände unter ihren Bademantel, um ihren Körper abzutasten. Zuerst ihren Rücken hinab, dann ihre Vorderseite. Er war erleichtert, als er feststellte, dass sie keine Waffen bei sich trug. Aber er hatte auch gespürt, dass sie unter ihrem dünnen Nachthemd, das ihr nicht einmal bis zu den Knien reichte, keinen Slip trug. Er schob den Stoff hoch und ließ seine Hand zwischen ihre

Beine gleiten. Nässe und Wärme begrüßten ihn, als er sie dort berührte.

Olivia stöhnte in seinen Mund, ihre Brust hob sich, ihr Becken wiegte sich gegen seine Hand und verlangte nach mehr. Fuck! Wie konnte sie ihn so wollen und ihn gleichzeitig töten wollen? Es machte keinen Sinn. Die Frau in seinen Armen war bereit, sich ihm nach nur einem Kuss zu ergeben. Wie konnte sie eine eiskalte Mörderin sein? Nichts an Olivia war kaltblütig. Sie war keine Frau, die gerade alles unter Kontrolle hatte. Ganz im Gegenteil. In der Dunkelheit der Diele war sie ihm ausgeliefert. Wenn er wollte, könnte er sie gleich hier an der Wand ficken. Und sie würde nicht protestieren. Denn die Frau, die sich jetzt an seinen Fingern rieb und vor Lust stöhnte, war in den Fängen der Lust nur auf eines aus: in seinen Armen zum Höhepunkt zu kommen.

Er löste seine Lippen von ihren. „Ich muss dich ficken."

„Oh Gott, ja!" Ihre Hände waren bereits an seinem Hosenbund und öffneten den Knopf seiner Hose. „Ich habe den ganzen Tag an dich gedacht."

Er nahm diesen Kommentar nicht ganz ernst. „Woran hast du gedacht?"

„Wie sich dein Schwanz in mir anfühlt."

Fuck! So zu reden, machte ihn noch heißer. Er eroberte erneut ihre Lippen und versiegelte sie mit einem sengenden Kuss.

Er musste sie jetzt nehmen, bevor er die Beherrschung verlor. Mit seinen Lippen auf ihren griff er in seine Hosentasche und zog ein Kondom heraus, das er zuvor dort hineingeschoben hatte. Dann zog er seine Hose und Boxershorts bis zu den Knien herunter, riss die Folienverpackung auf und streifte das Kondom über seine Erektion.

Er legte seine Hände auf Olivias Schultern, befreite sie von dem Bademantel und warf ihn auf den Boden, bevor er den Kuss unterbrach. Dann drehte er sie zur Wand und entlockte ihr damit ein verblüfftes Keuchen. Aber sie wehrte sich nicht gegen ihn, protestierte nicht. Stattdessen stützte sie sich mit den Handflächen gegen die Wand und spreizte ihre Beine.

„Verdammt!", zischte er und schob ihr Nachthemd über ihre Hüften hoch, bevor er diese ergriff und sie zurück zu seinem Unterleib zog. Mit einem scharfen Ausatmen tauchte er in ihre Muschi ein und versank bis zum Anschlag.

„Verdammt, bist du eng!", knurrte er und fühlte sich völlig unzivilisiert.

Olivia stöhnte. „Dann musst du mich einfach öfter ficken."

„Vielleicht muss ich das tun", stimmte er zu und fing an, in sie zu hämmern, stieß tief und hart zu. Er wollte sie dafür bestrafen, dass sie plante, ihn zu töten. Sie dafür bestrafen, dass sie immer noch die unschuldige Frau spielte, die wollte, dass er sie nahm, obwohl sie ihn eindeutig manipulierte, damit er glaubte, dass sie keine Bedrohung darstellte.

Jay ritt sie hart und seine Gedanken wanderten zurück zu der Nacht zuvor, als sie sich ihm im Bett ergeben hatte, als sie sich in seinen Armen hatte fallen lassen. So wie sie sich jetzt ergab, seine harten Stöße nahm, und dem Stöhnen nach zu urteilen, das über ihre Lippen rollte, das auch begrüßte.

„Oh, Jay, ich will kommen", bettelte sie. „Lass mich kommen."

Er konnte ihrem Lockruf nicht widerstehen

und ließ ihre rechte Hüfte los. Als er um sie herum nach vorne griff, nahm sie seine Hand und führte sie zu ihrem Geschlecht.

„Da, genau da", sagte Olivia, keuchte und drückte seine Finger auf ihre Klitoris, bevor sie ihre Hand wieder an die Wand legte, um sich abzustützen.

Jay streichelte ihre Klitoris im Rhythmus seiner Stöße und Olivia schnappte nach Luft. Ihr Nachthemd klebte jetzt an ihrer schwitzenden Haut, ihr Atem klang abgehackt, ihre Muschi verkrampfte sich bei jedem Zurückziehen um ihn herum. Plötzlich schauderte sie und ihre inneren Muskeln verkrampften sich, was seinen eigenen Orgasmus auslöste. Sperma schoss durch seinen Schwanz und explodierte an der Spitze, während Wellen der Lust über ihn hinwegschlugen und drohten, ihn zu ertränken. Für einen Moment war sein Verstand leer und alles, woran er denken konnte, war, wie richtig es sich anfühlte, in Olivias süßem Körper zu sein. Doch dann brach die Realität über ihm zusammen und er erinnerte sich, warum er hier war: um herauszufinden, warum sie vorhatte, ihn zu töten. Sie gegen die Wand zu ficken, war nicht Teil seines Plans gewesen. Aber vielleicht würde es doch zu seinen Gunsten sein, denn heute Nacht wollte er, dass Olivia so erschöpft war, dass sie wie ein Murmeltier schlief.

9

Olivia öffnete die Augen. Sie warf einen Blick auf die Uhr auf ihrem Nachttisch. Es war 2:17 Uhr und etwas hatte sie geweckt. Sie drehte sich um, um sich näher an Jay zu kuscheln, aber sie war allein.

Jays Besuch war eine Überraschung gewesen, jedoch eine willkommene. Und er war sogar noch leidenschaftlicher gewesen als in der Nacht zuvor. Die Art und Weise, wie er sie in der Diele berührt und geküsst hatte, hatte sie angemacht wie nichts zuvor. Und als er sie genau dort genommen hatte, gegen die Wand gepresst, hatte sie sich begehrter gefühlt als je zuvor in ihrem Leben. Sie hatte sich nicht bewegen können, als er sie an den Hüften gepackt und in sie gestoßen hatte, aber sie hatte jede Sekunde davon genossen. Es hatte sich angefühlt, als ob sie ihm gehörte und er mit ihr machen konnte, was er wollte, und trotz der Tatsache, dass sie stolz darauf war, eine unabhängige Frau zu sein, hatte sie es geliebt, sich von ihm dominieren zu lassen.

Er hatte sie ins Bett gezerrt, nachdem sie beide im Eingang zum Höhepunkt gekommen waren, und eine halbe Stunde später hatte er wieder mit ihr geschlafen. Dieses Mal waren sie einander zugewandt gewesen, aber es war genauso wild wie in der Diele gewesen. Kurz darauf war sie eingeschlafen. Aber jetzt war sie wach und Jay war nicht mehr in ihrem Bett. War er gegangen?

Olivia schwang ihre Beine aus dem Bett und griff nach ihrem Nachthemd. Sie zog es über ihren Kopf und ging nach draußen in den Flur. Sie sah sofort, dass in ihrem Büro Licht brannte und die Tür nur angelehnt war. Sie drückte sie auf und erstarrte.

Jay, der nur Boxershorts trug, durchwühlte

ihr Büro. Er öffnete Schubladen und zog Akten heraus.

„Was zum Teufel machst du?"

Er wirbelte zu ihr herum und holte hörbar Luft. Sein Gesichtsausdruck verriet ihr, dass er wusste, dass er bei etwas ertappt worden war, von dem er wusste, dass es falsch war.

„Es ist nicht das, wonach es aussieht."

Das Klischee rollte so leicht über seine Lippen, dass ihr klar wurde, dass dies nicht das erste Mal war, dass er so etwas Verabscheuungswürdiges tat. Er war ein Profi, von jemandem angeheuert, um sie zu verführen und dann herauszufinden, was alle im Science-Fiction-Genre wissen wollten.

„Wer hat dich geschickt? Wer?" Es musste einer der beiden Science-Fiction-Autoren sein, die sie in den Bestsellerlisten überholt hatte.

„Niemand hat mich geschickt."

„War es Rick Sanders oder John Marston? Welcher dieser verdammten Bastarde hat dich dafür bezahlt, mein Manuskript zu finden? Wer?" Wütend betrat sie den Raum. Sie hatte überhaupt keine Angst vor ihm, obwohl er so viel größer und stärker war als sie, denn das

Adrenalin, das durch ihre Adern pumpte, verlieh ihr nun Kraft.

„Dein Manuskript? Ich habe nicht –“

„Lüg mich nicht an! Du verdammter Scheißkerl hast die ganze Zeit mit mir gespielt. Du hast nur mit mir geschlafen, damit du dir mein nächstes Buch ansehen und dann Spoiler verbreiten kannst! Fick dich, Jay!“

„Ich weiß nichts über ein Buch“, beharrte er.

„Oh bitte! Ich habe dich erwischt!“, fauchte sie. „Als ob du nicht wüsstest, wer ich wirklich bin. Für wie dumm du mich halten musst! Wirst du das auch an die Presse durchsickern lassen? Dass du den großen Science-Fiction-Autor T.R. Harland gefickt hast, damit du Sachen aus dem nächsten Buch enthüllen kannst?“ Sie fühlte, wie Tränen sich in ihren Augen sammelten, aber sie unterdrückte sie. Sie würde ihm nicht die Genugtuung geben, vor ihm zu weinen. „Damit du der Welt verkünden kannst, welcher Charakter als nächstes abkratzt? Damit du meine Fans gegen mich aufbringen und meine nächste Veröffentlichung verderben kannst? Du verdammter Scheißkerl!“

Er starrte sie an, fast wie gelähmt,

Überraschung flackerte in seinen Augen. „Du bist Schriftstellerin?"

„Fick dich, Jay! Tu nicht so! Wieviel zahlen sie dir denn?"

„Niemand zahlt mir etwas. Ich wusste nicht, dass du Schriftstellerin bist", behauptete er und machte einen Schritt auf sie zu. „Olivia, es tut mir leid, ich –"

„Warum leugnest du immer noch, was du tust? Sei wenigstens ein Mann und gib zu, dass du nach meinem Manuskript gesucht hast! Verdammt nochmal, ich habe dich dabei erwischt, wie du meine Akten durchwühlt hast!"

„Olivia, bitte, lass es mich erklären –"

„Es gibt nichts zu erklären! Du hast mich benutzt! Du hattest Sex mit mir, damit du rumschnüffeln konntest. Und ich bin darauf hereingefallen! Ach du lieber Gott! Wie blöd! Du hast wahrscheinlich hinter meinem Rücken darüber gelacht, wie einfach du mich ins Bett kriegen konntest!"

Das schmerzte noch mehr, als zu wissen, dass einer ihrer konkurrierenden Autoren Jay dafür bezahlt hatte, ihr Manuskript zu finden. Was Jay getan hatte, war persönlich. Er hatte so getan, als würde er sie mögen. Er hatte den rücksichtsvollen Liebhaber gespielt. Wie naiv sie doch gewesen war! Natürlich hatte ein gutaussehender Typ wie Jay kein Interesse an jemandem wie ihr. Sie war keine Schönheit, nur eine ganz nett aussehende Frau. Sie hatte keine Modelfigur, nichts, wovon Männer schwärmten. Sie war nur eine normale Frau.

„Ich habe mit dir geschlafen, weil ich mich zu dir hingezogen fühle. Aus keinem anderen Grund", sagte er mit resignierter Stimme. „Du musst mir glauben."

„Ich muss gar nichts tun!", schrie sie. „Jetzt verschwinde verdammt nochmal aus meinem Haus, bevor ich die Polizei rufe und dich wegen Hausfriedensbruchs verhaften lasse! Und sag demjenigen, der dich angeheuert hat, dass ich ihn auf jeden Cent verklagen werde, den er jemals in seinem ganzen Leben verdient hat, wenn irgendein Teil meines Manuskripts vor der Veröffentlichung durchsickern sollte!"

„Es tut mir leid, Olivia, das tut es mir wirklich. Ich wünschte, ich könnte dir alles erklären, aber ich –"

„Nimm deine verdammten Klamotten und verschwinde!"

Endlich bewegte sich Jay. Olivia sah ihm nach, wie er ins Schlafzimmer ging, wo er sich nur wenige Stunden zuvor in Eile ausgezogen hatte. Ein paar Augenblicke später kam er wieder heraus, diesmal vollständig angezogen. Er sah sie an und öffnete den Mund, als wollte er noch etwas sagen, tat es aber nicht.

Vielleicht war ihm endlich klar geworden, dass keine Entschuldigung der Welt die Tatsache wiedergutmachen würde, dass er ihr Vertrauen missbraucht hatte. Und sie verletzt hatte wie kein anderer Mann je zuvor.

Als er das Cottage verließ, legte sie den Riegel um und holte tief Luft. Damit entkam der erste Schluchzer aus ihrer Brust. Weitere folgten. Innerhalb von Sekunden liefen ihr Tränen über die Wangen und tropften auf den Boden. Aber die Tränen konnten ihren Schmerz nicht wegwaschen. Jay hatte sie benutzt. Sie hintergangen. Ihr Liebesspiel hatte ihm nichts bedeutet. Er hatte nur mit ihr geschlafen, damit er ihr Zuhause durchsuchen konnte. Und sie war so dumm gewesen, ihn nicht gleich zu durchschauen.

Olivia fühlte, wie Scham sie übermannte. Sie hatte sich heute Abend wie eine gewöhnliche Schlampe benommen und sich von ihm im Eingang ficken lassen, nur Sekunden, nachdem er unerwartet ihr Haus betreten hatte. Das war noch schlimmer als ein Booty Call. Jay hatte sie nicht einmal angerufen, um anzukündigen, dass er vorbeikommen würde. Er war einfach aufgetaucht, zuversichtlich, dass sie ihn nicht abweisen würde.

Er war so aalglatt gewesen, dass sie vermutete, dass dies nicht das erste Mal war, dass er so etwas getan hatte: eine Frau verführen, damit er die Aufgabe ausführen konnte, für die er angeheuert worden war. Und sie war blindlinks in seine Falle getappt.

10

Jay betrat Aces Villa vor sechs Uhr morgens, müde und sauer auf sich selbst. Da die Untergrundbahn erst ab fünf Uhr morgens in Betrieb war und weil er es nicht riskieren wollte, ein Taxi – oder noch schlimmer, ein Uber – zu nehmen, war Jay den ganzen Weg von Alexandria nach D.C. den Mount Vernon Trail entlanggelaufen, bevor er wenige Minuten, nachdem die Züge wieder in Betrieb waren, eine U-Bahn-Haltestelle erreichte.

Im Haus war es immer noch ruhig, aber anstatt in sein Zimmer zu gehen, um zu schlafen, ging er in den Computerraum. Nur ein paar Schreibtischlampen erhellten den großen Raum. Jay setzte sich vor einen Computer, fuhr ihn hoch und fing an, das Internet nach allem zu durchsuchen, was er über T.R. Harland finden konnte. Sein Bauchgefühl sagte ihm, dass Olivia die Wahrheit gesprochen hatte, als sie ihm gesagt hatte, dass sie tatsächlich eine Science-Fiction-Autorin und keine Lektorin war. Aber er musste ihre Behauptungen trotzdem überprüfen.

Die Hinweise, die er fand, waren in einem Punkt einstimmig: Niemand wusste wirklich, wer T.R. Harland war, ob Mann oder Frau. Er las die Artikel und Posts auf verschiedenen Social-Media-Seiten durch und entdeckte Gerüchte, dass ein geliebter Charakter in der Galaxy-Outcast-Serie, die T.R. Harland schrieb, im nächsten Buch umkommen würde und dass es bereits Versuche von eifersüchtigen Personen gegeben hatte, ob das Autoren, Leser oder Verleger waren, Spoiler der Handlung und der Figur, die getötet werden sollte, durchsickern zu lassen.

Olivia hatte nicht darüber gesprochen, *ihn*

töten zu wollen, sondern eine Figur in ihrem nächsten Buch.

Jay fluchte. „Scheiße!"

Aus der hintersten Ecke des Zimmers hörte er plötzlich ein Geräusch und sprang auf.

Fox erhob sich hinter einem Computerarbeitsplatz. „Oh, ich muss für eine Minute eingenickt sein." Er blinzelte. „Wie spät ist es?"

„Nach sechs Uhr", sagte Jay.

„Was ist passiert?"

„Hast du die Überwachungskameras gesehen?", fragte Jay, als ihm plötzlich etwas klar wurde. Die Kamera im Eingang hatte ihn beim Ficken mit Olivia aufgenommen. Er wechselte schnell zu dem Computer, der das Überwachungsmaterial streamte, und weckte den Bildschirm.

„Nur bis du in ihrem Haus aufgetaucht bist. Ich dachte, du hättest es in der Hand. Und das hattest du auch."

„Wie viel hast du gesehen?"

Fox verdrehte die Augen. „Keine Sorge, ich habe aufgehört zuzuschauen, als mir klar wurde, dass du zur Sache kommst." Er rieb sich den

Hals. „Ich war sowieso zu beschäftigt damit, mich in Olivias Handyaufzeichnungen zu hacken. Ich habe gerade darauf gewartet, dass sie heruntergeladen werden, als ich für einen Moment meine Augen zugemacht haben muss." Er sah auf den Bildschirm. „Oh, sieht so aus, als hätte ich alles, was ich brauche." Er setzte sich hinter den Computer.

Jay seufzte erleichtert. Zumindest hatte niemand das Video gesehen. Er musste es löschen, bevor jemand sehen konnte, wie er Olivia fickte. Sie hatte eine solche Verletzung ihrer Privatsphäre nicht verdient.

„Sieht aus, als hätte sie ihre Schwester angerufen", sagte Fox und stand wieder auf. „Also haben wir es vielleicht mit zwei mordenden Schwestern zu tun."

Jay drehte sich mit seinem Stuhl um. „Nein, haben wir nicht."

„Hey, Jay, ich weiß, dass du das Mädchen magst, aber –"

„Sie ist keine Mörderin. Sie ist Autorin und hat über eine Szene in ihrem nächsten Buch gesprochen, in der es darum ging, einen ihrer Charaktere umzubringen."

Fox runzelte die Stirn und näherte sich. „Hat sie dir das gesagt?"

Jay atmete tief durch. „Ich habe es mir zusammengereimt, nachdem sie mich aus dem Haus geworfen hat."

„Was?"

In so wenigen Worten wie möglich erzählte er Fox, was zwischen ihm und Olivia vorgefallen war, obwohl er die Tatsache ausließ, dass er sie in der Diele gefickt hatte. Dann zeigte er ihm, was er über den Autor T.R. Harland gefunden hatte.

„Ich weiß, dass es kein endgültiger Beweis dafür ist, dass sie die Autorin ist, da es keine Fotos oder irgendetwas anderes gibt, aber ich weiß in meinem Bauch, dass sie mich nicht angelogen hat."

„Verdammt! Was für ein dummer Zufall", sagte Fox. „Aber ich kann noch ein bisschen tiefer nachforschen. Es sollte eine Papierspur geben. Schließlich muss die Autorin vom Verlag bezahlt werden. Es sollte nicht allzu schwer sein, die Zahlungen zu finden und zu sehen, wohin sie uns führen. Und ich habe bereits Olivias Sozialversicherungsnummer. Ich schaue in ihren Steuererklärungen nach und sehe mal, was sie anmeldet. Warum schläfst du nicht ein bisschen oder gehst duschen, während ich mich darum kümmere?"

„Du musst genauso müde sein. Vielleicht kann ich dir helfen. Übrigens dachte ich, dass du und Michelle normalerweise nicht über Nacht hierbleibt."

Fox zuckte mit den Schultern. „Wenn einer von uns in Gefahr ist, sind alle Mann an Deck. Aber wie es aussieht, können Michelle und ich heute Nacht wieder in unserem eigenen Bett schlafen. Nur solange das alles auch stimmt."

„Gut. Kaffee?"

„Dazu sage ich nicht Nein", meinte Fox.

„Oh, und lass niemanden das Überwachungsmaterial sehen. Ich muss einen Teil davon löschen." Sobald Fox Olivias Identität bestätigt hatte.

Fox warf ihm einen neugierigen Blick zu. „Will ich wissen was und warum?"

„Nein, willst du nicht."

Fox grinste. „Du Schlawiner!"

Jay zeigte ihm den Vogel und verließ den Computerraum.

In der Küche stellte Jay überrascht fest, dass Phoebe bereits auf den Beinen war. Sie trug ein Nachthemd und einen Bademantel darüber. Dieser war vorne offen, denn ihr Schwangerschaftsbauch war mittlerweile zu groß für den Bademantel. Für einen Moment sah er nur auf ihren Bauch und beneidete Ace. Er würde bald eine Familie haben.

„Morgen, Phoebe."

Sie drehte den Kopf und lächelte ihn an. „Guten Morgen, Tiger. Du bist zurück."

„Ja." Jay ging zur Kaffeemaschine und begann, Kaffee zu kochen.

„Ist nicht gut gelaufen, oder?"

„Eher das Gegenteil von gut", bestätigte er.

„Hmm." Phoebe schien zu verstehen, dass er nicht darüber sprechen wollte. Sie ging zum Kühlschrank, nahm eine Flasche Wasser heraus und verließ die Küche.

Jay nahm sich Zeit, Kaffee zu kochen. Er schenkte zwei Tassen ein und ging zurück in den Computerraum. Fox war nicht mehr allein. Michelle saß an der Computerstation neben ihm und tippte auf der Tastatur. Als sie ihm einen bedauernden Blick zuwarf, wusste er, dass Fox sie eingeweiht hatte.

„Hey", sagte Jay und reichte Michelle eine Tasse und gab Fox die andere.

„Aber die war für dich bestimmt", sagte Michelle.

„Nein, nein, nimm schon. Ich hole mir noch eine", sagte Jay und ging wieder zurück in die Küche. Als er mit seiner Tasse Kaffee zurückkam, bedeutete Fox ihm, sich zu nähern.

„Hast du etwas gefunden?"

„Ja", antwortete Fox. „Ich habe zuerst Olivia Morikawas Steuererklärungen überprüft. Und ihr einziges Einkommen stammt von einem K-1."

„Was ist ein K-1?"

„Das ist ein Formular, das ein Partner oder Mitglied von einer GmbH erhält. Also habe ich mir die GmbH angesehen. Das einzige Geld, das diese Firma verdient, stammt aus Zahlungen von einem Unternehmen, einem Verlag namens Clarendon Press. Einer ihrer größten Autoren ist T.R. Harland. Aber ich wollte absolut sichergehen, dass die Zahlung tatsächlich für Harland bestimmt war. Ich konnte mich in ihre

Konten hacken. Ehrlich gesagt haben sie wirklich eine beschissene Online-Sicherheit. Und ich habe die Auszahlungen gefunden, die sie an Harland geleistet haben. Sie stimmen mit den Schecks überein, die die GmbH erhalten hat. Also, ja, Olivia hat dir die Wahrheit gesagt. Sie ist T.R. Harland."

Jay seufzte, erleichtert, dass sie kein Psychokiller war, aber auch verärgert darüber, dass er sie nicht gründlicher durchleuchtet hatte, bevor er den Kontakt zu ihr aufgenommen hatte. „Danke, Fox, Michelle."

Michelle zwang sich zu einem Lächeln. „Und du kannst ihr echt nicht vorwerfen, dass sie so reagiert hat, als sie gesehen hat, wie du ihre Sachen durchsucht hast. Es gibt wirklich Leute, die gutes Geld bezahlen würden, um ihr Manuskript durchsickern zu lassen. Nach dem, was ich gelesen habe, sind einige der etablierteren Autoren ihres Genres verärgert, dass ein Newcomer sie von den Bestseller-Slots verdrängt. Sie hat in drei Jahren sechs Bücher herausgebracht, während die anderen nur eines pro Jahr veröffentlichen. Ich glaube, da ist viel

Eifersucht im Umlauf. Sie wollen, dass sie scheitert."

„Ich verstehe. Ich wünschte nur, das hätte ich früher gewusst. Das sind Fehler, die ich nicht wiedergutmachen kann."

„Was jetzt?", fragte Fox.

Jay zuckte mit den Schultern und ging zum Computer mit den Überwachungsvideos. „Wir müssen das Cottage im Auge behalten. Meine Vorahnungen sind nie falsch. Smith wird dort auftauchen. In meiner Vorahnung war es Tag, konzentrieren wir uns also darauf, tagsüber und, solange wir die Manpower haben, auch nachts, den Live-Feed im Auge zu behalten. Wir müssen darauf vorbereitet sein, damit wir herausfinden können, wer er wirklich ist. Sobald die Kameras im Haus sein Gesicht aufnehmen, können wir es durch die Gesichtserkennung laufen lassen. Vielleicht kriegen wir einen Treffer."

Aber zuerst musste Jay einen Teil der Aufnahme löschen. Er fand die Stelle, an der er in der Nacht zuvor das Cottage betreten hatte, und im Eingang mit Olivia Sex hatte. Sich und Olivia küssen und berühren zu sehen, brachte jede Sekunde der vergangenen Nacht in sein Gedächtnis zurück, bis zu dem Moment, als sie ihn aus dem Haus geworfen hatte. Sein Finger schwebte über der Löschtaste, aber er zögerte. Die Aufzeichnung dessen zu löschen, von dem er jetzt wusste, dass es das letzte Mal war, dass er Olivia berühren würde, war schwieriger, als er gedacht hatte. Das Band spielte weiter, bis die Wohnzimmerkamera Olivias Gesicht einfing, nachdem Jay gegangen war. Tränen rannen über ihr Gesicht und Schluchzer hoben und senkten ihre Brust.

Jay streckte seine Hand nach dem Monitor aus, um sie zu trösten. Aber das konnte er nicht. Er drückte die Löschtaste und wünschte sich, er könnte Olivias Schmerz genauso einfach auslöschen.

11

Die sechs Brautjungfern, die Olivias Schwester unter ihren vielen Freundinnen ausgewählt hatte, unterhielten sich aufgeregt, während sie Graces wunderschönes Kleid bewunderten. Olivia spürte, wie sich ihr Herz angesichts der Schönheit ihrer Schwester zusammenzog. Heute würde sie Mrs. Timothy Bell werden, und jeder konnte sehen, wie glücklich Grace war.

Für Olivia war die heutige Veranstaltung bittersüß. Sie war glücklich, dass ihre Schwester einen Mann gefunden hatte, der den Boden unter ihren Füßen verehrte, aber sie würde ihre beste Freundin und Vertraute verlieren, diejenige, mit der sie sich die Handlung ihrer Bücher ausdachte, und sie würden sich nie wieder so nahe sein, wie sie es seit ihrer Kindheit gewesen waren. Und noch etwas machte den heutigen Tag so traurig: Olivia glaubte nicht, dass sie jemals jemanden finden würde, der sie so sehr liebte wie Timothy Grace, nicht nach dem, was zwei Tage zuvor mit Jay passiert war.

Sie wäre zur Polizei gegangen, wenn sie sich nicht so geschämt hätte, auf Jays Lügen hereingefallen zu sein und es ihm so leicht gemacht zu haben, seinen Schwindel auszuführen. Sie hatte nicht einmal ihrer Schwester anvertraut, dass sie mit Jay geschlafen hatte, und dass er sie dann prompt hintergangen hatte. Sie wollte ihr den wichtigen Tag nicht verderben.

„Ich glaube, ihr müsst alle nach unten gehen", sagte Grace jetzt zu den sechs Frauen. Sie waren alle in verschiedene Pastellfarben gekleidet, ihre ärmellosen Kleider reichten ihnen bis zu den Knöcheln und sie sahen aus wie Feen.

Als Trauzeugin trug auch Olivia ein langes,

fließendes Seidenkleid, das aussah, als wäre sie einem Märchen entsprungen.

Als die Frauen die Tür der Hotelsuite hinter sich schlossen, drehte sich Grace zu ihr um und griff nach ihrer Hand. „Ich kann nicht glauben, dass der Tag endlich da ist."

Olivia setzte ein tapferes Lächeln auf. „Ich freue mich so für dich." Sie legte ihre Arme um ihre Schwester. „Ich kann es kaum erwarten, die Zeremonie zu sehen. Du warst noch nie schöner als heute, Schwesterchen. Timothy ist ein Glückspilz."

Grace schniefte. „Jetzt bringst du mich zum Weinen und mein Make-up verschmiert."

Beide kicherten.

„Du wirst sehen", sagte Grace, „eines Tages wirst du dich in einen Mann wie Tim verlieben und genauso glücklich sein."

Olivia hatte diesen Mann bereits getroffen, aber leider hatte ihre Geschichte kein Happy End. „Ja, eines Tages, da bin ich mir sicher."

„Ich glaube, ich bin bereit", sagte Grace mit einem Blick in den Spiegel.

„Fast", sagte Olivia und ging zu dem Tisch, wo sie eine Tüte mit einer Schachtel stehengelassen hatte, als sie das Hotelzimmer ihrer Schwester betreten hatte. Sie nahm die Schachtel heraus.

„Noch ein Geschenk? Aber du hast uns doch bereits –"

„Das hier ist eigentlich für Dad, da du die Hochzeit nicht auf Hawaii abhalten konntest", sagte Olivia und öffnete die Schachtel. Darin lag ein frischer hawaiianischer Lei aus duftenden rosa Plumerias.

„Ach, Olivia! Er ist wunderschön."

Olivia legte ihn ihrer Schwester um den Hals und achtete darauf, ihr Haar nicht durcheinander zu bringen oder die Perlenkette, die sie trug, nicht zu verdecken. Ihre Blicke trafen sich im Spiegel.

„Das ist perfekt", sagte Grace.

Es klopfte an der Tür.

„Das wird Dad sein", vermutete Olivia und ging zur Tür.

Sie öffnete sie. Ihr Vater, mit einem dunklen Anzug bekleidet, eine Orchidee im Knopfloch, stand lächelnd da. Er war sonnengebräunt. Seit ihre Eltern nach Oahu zurückgekehrt waren, surfte ihr Vater wieder in seiner hawaiischen

Heimat und er hatte noch nie glücklicher ausgesehen.

Ihre Eltern waren am Morgen, nachdem sie Jay aus ihrem Cottage geworfen hatte, in D.C. angekommen. Sie waren im selben Hotel untergebracht, in dem die Hochzeit stattfand. Tatsächlich hatte sich auch Olivia hier ein Zimmer genommen, sodass sie nicht spätabends nach Hause nach Alexandria fahren musste.

„Deine Mutter ist schon unten. Sie warten alle."

Olivia führte ihren Vater ins Zimmer und ließ die Tür hinter ihm zufallen. Als Grace sich umdrehte, um ihren Vater zu begrüßen, blieb er einen Moment lang stehen und ließ ihren Anblick auf sich wirken.

„Mein kleines Mädchen ist zu einer Frau herangewachsen." Tränen stiegen ihm in die Augen. „Es ist, als hättest du gestern noch im Sand gespielt." Er griff nach Graces Händen und drückte sie. „Du trägst einen Lei."

„Das war Olivias Idee."

Ihr Vater wandte sich zu ihr um und lächelte und eine Träne löste sich aus seinem Auge.

Olivia legte ihre Arme um ihn und küsste ihn auf die Wange.

„Ich liebe euch beide so sehr", sagte er. „Ihr seid so erwachsen, meine Mädels. Und jeden Tag werdet ihr schöner."

„Du bringst mich zum Weinen, Dad", sagte Grace.

Er lachte leise und es war nicht schwer zu verstehen, warum sich ihre Mutter in den gutaussehenden Surfer verliebt hatte. In seinem Lachen lag Wärme, Freundlichkeit und eine Prise Schalkhaftigkeit.

„Ich überlasse das Weinen eurer Mutter. Davon wird es heute reichlich geben", behauptete er. „Tja, sollen wir da runter gehen und sie alle beeindrucken?"

Er bot seinen Töchtern beide Arme an, und gemeinsam verließen sie das Hotelzimmer und gingen den langen Korridor entlang zu den Aufzügen.

Olivia fragte sich, ob sie eines Tages diejenige im weißen Kleid sein würde, die von ihrem Vater den Gang zu einem gutaussehenden Mann hinuntergeführt würde, der sie liebte und darauf wartete, sie zu Seiner zu machen.

„Und nur damit ihr es wisst, ich möchte mit jeder von euch mindestens zwei Tänze, egal wie viele gutaussehende junge Männer um eure Aufmerksamkeit buhlen", sagte er mit einem Grinsen. Dann zwinkerte er Olivia zu. „Und ich habe einige von Timothys Freunden gesehen. Ich glaube, du hast heute eine große Auswahl an gutaussehenden jungen Männern, Olivia."

Sie verdrehte die Augen. „Versuchst du, Heiratsvermittler zu spielen, Dad?"

„Bei deiner Schwester hat es geklappt."

„Und es war peinlich", behauptete Grace lachend. „Du kannst nicht einfach in einem Restaurant auf einen Fremden zugehen und ihn fragen, ob er mit deiner Tochter ausgehen möchte."

„Timothy hatte nichts dagegen", sagte er lachend, „sonst würden wir heute keine Hochzeit feiern. Außerdem war er kein völlig Unbekannter. Er wohnte im selben Wohnhaus wie deine Mutter und ich. Wir kannten uns ja praktisch. Und ich habe nie irgendwelche seltsamen Geräusche aus seiner Wohnung gehört.“

„Wir werden diesen Streit nie gewinnen, Schwesterchen“, sagte Olivia. „Wir sollten unseren Atem lieber nicht verschwenden.“

Grace zwinkerte. „Ja, den brauchen wir zum Tanzen.“

Olivia lächelte. Ihr Vater hatte eine Art an sich, die sie immer aufheiterte.

12

Frisch geduscht und angezogen, einen Bagel in der Hand, betrat Jay den Computerraum. Es war zwei Uhr nachmittags. Er war um fünf Uhr morgens ins Bett gegangen, und zu dieser Zeit hatte Yankee es übernommen, die Überwachungskameras in Olivias Cottage im Visier zu behalten. In der Nacht war nichts passiert. Olivia war früh zu Bett gegangen und niemand hatte das Cottage betreten oder verlassen.

Yankee saß vor dem Computer und starrte auf den Monitor, die Füße auf dem Schreibtisch. Er drehte den Kopf, als Jay eintrat.

„Hey", sagte Yankee. „Hast du etwas geschlafen?"

„Ja." Jay deutete auf den Monitor. „Ist irgendetwas Interessantes passiert?"

„Wenig. Olivia ist gegen acht Uhr aufgestanden und machte sich ziemlich schnell fertig. Sie hat nicht einmal gefrühstückt. Sie hat eine Tasche gepackt und das Haus verlassen."

Überrascht trat Jay näher. „Sie hat eine Tasche gepackt? Kannst du das Band noch einmal abspielen?"

„Na sicher." Yankee nahm die Füße vom Schreibtisch und rollte seinen Stuhl näher heran, damit er auf der Tastatur tippen konnte. „Bitte schön."

Jay sah zu, wie Olivia in Jeans und einem lässigen T-Shirt in ihrem Schlafzimmer ein- und ausging, obwohl er nicht sehen konnte, was sie im Schlafzimmer tat, da er dort keine Wanze angebracht hatte. Nach ein paar Minuten tauchte sie mit einer kleinen schwarzen Reisetasche auf und stellte sie neben das Sofa im Wohnzimmer. Dann ging sie zurück in den Flur und erschien vor der Kamera im Büro. Dort öffnete sie den Schrank und nahm ein langes Kleid heraus. Es war in eine Plastikhülle eingewickelt, ähnlich denen, die chemische Reinigungen verwendeten. Das Kleid war in sanften Pastelltönen in Grün und Blau gehalten. Sie schloss die Schranktür, ging dann zurück ins Wohnzimmer und sah sich um, als wollte sie sich vergewissern, dass sie nichts vergessen hatte, bevor sie sich die Reisetasche und das Kleid schnappte und das Cottage verließ.

„Welcher Tag ist heute?", fragte Jay.

„Samstag, warum?"

„Das ist es. Sie geht zur Hochzeit ihrer Schwester." Eine Hochzeit, zu der sie ihn als ihr Date eingeladen hatte – bevor sie ihn aus ihrem Haus geworfen hatte.

Hinter Jay öffnete sich die Tür. Er blickte über seine Schulter und sah, wie Lilly mit einem Tablett mit Essen hereinkam.

„Hey, Jack, ich habe dir etwas zu essen mitgebracht", sagte sie mit einem Lächeln.

Yankee erhob sich und ging auf sie zu, küsste sie auf die Lippen und nahm ihr das Tablett ab. „Danke, Baby, ich bin am Verhungern."

„Ich kann hier übernehmen", sagte Jay. „Mach Pause."

„Bist du sicher?"

Jay nickte. „Wo sind die anderen?"

„Scott ist draußen mit Phoebe. Ihr geht es nicht gut, also gehen sie ein bisschen im Garten spazieren. Vielleicht hilft ihr die frische Luft."

„Tut mir leid, das zu hören", sagte Jay. „Wird es ihr wieder besser gehen?"

Lilly nickte zuversichtlich. „Mach dir keine Sorgen um sie. Die Schwangerschaft ist nicht einfach für sie. Ich denke, es ist der ganze Stress, der ihr zusetzt. Ich habe heute Morgen einen Ultraschall bei ihr gemacht und mit dem Baby sieht es gut aus."

„Du hast sie zum Arzt gebracht?"

„Nein, ich habe es geschafft, ein tragbares Ultraschallgerät geliefert zu bekommen." Sie zwinkerte. „Michelle ist wirklich gut darin, alles zu beschaffen, was wir brauchen. So kann ich wenigstens nützlich sein."

Yankee schmunzelte. „Du bist immer nützlich."

Lilly errötete und Jay musste wegsehen. Es

war schwer, in der Gegenwart von glücklichen Paaren wie Yankee und Lilly und den anderen zu sein, wenn er wusste, dass er es mit Olivia vermasselt hatte.

„Wo sind Fox und Michelle?", fragte Jay, um das Thema zu wechseln.

„Sie richten Überwachungskameras außerhalb von Langley ein", antwortete Lilly.

„Was? Sind sie verrückt? Sie sollten nicht in die Nähe der CIA gehen."

„Lässt sich nicht vermeiden", sagte Yankee. „Sie müssen die Nummernschilder aller Autos erfassen, die auf dem Parkplatz der CIA ein- und ausfahren, um uns dabei zu helfen festzustellen, ob Smith für die CIA arbeitet."

Jay schüttelte den Kopf. „Das ist riskant."

Yankee zuckte mit den Schultern. „Es war riskant, dass Fox in Langley eingebrochen ist, um hinter ihre Firewall zu gelangen. Wenigstens bleibt er dieses Mal draußen. Sie installieren die Kameras auf allen Straßen, die nach Langley führen. Und sobald wir die Feeds von diesen Kameras erhalten, können wir die Autos mit den Daten der Zulassungsstellen abgleichen."

„Nicht jeder bei der CIA wird ein

Nummernschild haben, das zurückverfolgt werden kann. Einige von ihnen werden blockierte Schilder haben."

„Ja, aber hauptsächlich die Geheimagenten. Smith kommt mir eher wie ein Typ vor, der im Management ist. Mit etwas Glück wird sein Nummernschild also nicht gesperrt sein."

„Ich hoffe, sie wissen, was sie tun", sagte Jay.

„Wir können nicht einfach herumsitzen und warten, bis Smith in Olivias Haus auftaucht. Du weißt so gut wie ich, dass du nicht wissen kannst, wann sich deine Vorahnung bewahrheitet."

Das wusste er, was alles noch frustrierender machte. Tag für Tag Olivias Cottage beobachten zu müssen, bis Smith auftauchte, war, als würde ihm jemand Salz in eine offene Wunde streuen. Jedes Mal, wenn er sich den Feed aus dem Cottage ansah, wurde er daran erinnert, was zwischen ihm und Olivia vorgefallen war, und was für ein Idiot er gewesen war, sich von ihr erwischen zu lassen, während er ihr Büro durchsuchte.

„Ich weiß", gab Jay zu. „Geht, macht Pause. Ich werde die Stellung halten."

„Wir sind draußen auf der Terrasse, wenn du uns brauchst", sagte Yankee. „Benutze einfach die Gegensprechanlage, wenn ich zurückkommen soll."

„Kein Problem."

Yankee und Lilly gingen und schlossen die Tür hinter sich. Stille legte sich über den Raum. Jay richtete seine Augen wieder auf den Computermonitor, wo der Bildschirm in vier Quadrate aufgeteilt war, von denen jedes einen anderen Raum im Cottage zeigte. In gewisser Weise war er dankbar, dass Olivia bei der Hochzeit war und nicht zu Hause. Als er nachts auf den Monitor geschaut hatte, hatte er sich wie ein dreckiger Voyeur gefühlt, obwohl er wusste, dass er die Wanzen nicht entfernen konnte, bevor Smith sein Gesicht zeigte und sie ihn bis zu seinem Wohnort verfolgen konnten. Bis dahin musste er weiterhin Olivias Haus und damit auch Olivia selbst im Auge behalten, während sie ihrem Leben nachging. Bis dahin hatte es keinen Zweck, auch nur zu versuchen, Olivia zu vergessen. Jeden Tag an sie erinnert zu werden, machte das so unmöglich, wie das Atmen aufzuhören.

Einen Moment lang fragte er sich, wie es gewesen wäre, Olivia zur Hochzeit ihrer Schwester zu begleiten, ihre Hand zu halten, während sie zusahen, wie das glückliche Paar ihr Gelübde ablegte, mit Olivia zu tanzen und sie in seinen Armen zu halten. Aber das war nur ein Wunschtraum, etwas, das niemals wahr werden würde, egal wie sehr er es sich wünschte.

Jay holte tief Luft und versuchte, seinen Kopf freizubekommen, als er plötzlich Blumensträuße vor sich erscheinen sah. Er blinzelte, aber die rosa und weißen Blumen waren immer noch da und jetzt vermischten sie sich mit grünen Blättern und rosa Schleifen, weißen Kerzen und silbernen Bändern. Als das Bild herauszoomte, bemerkte er, dass er auf einen gedeckten Tisch blickte. Ein weißes Tischtuch bedeckte den runden Tisch und auf den Stühlen, die ihn umgaben, plauderten und lachten gut gekleidete Frauen und Männer und tranken aus ihren Champagnergläsern. Weitere Tische mit mehr gut gekleideten Gästen tauchten auf, und Jay erkannte, dass dies ein Hochzeitsempfang war. Er ließ seine Augen schweifen, um zu sehen, ob er jemanden erkannte und herausfinden konnte, wo dieses Ereignis stattfand.

Plötzlich drang Tanzmusik zu seinen Ohren und die Leute begannen, sich von ihren Sitzen zu erheben. Zuerst konnte Jay nicht sehen, wohin sie gingen, aber dann hatte er für einen Moment einen klaren Blick auf ein Brautkleid, obwohl er das Gesicht der Braut nicht sehen konnte. Um ihren Hals hing ein Lei. Fand diese Hochzeit auf Hawaii statt? Er sah die anderen Gäste an, aber es schien, dass die Braut die Einzige war, die einen Lei trug.

Ein Mann Ende fünfzig, Anfang sechzig nahm die Hand der Braut, und Jay erhaschte einen Blick auf sein Gesicht. Er war definitiv Asiate, höchstwahrscheinlich Japaner. Doch die meisten Gäste waren weiß. Als der Japaner die Braut zu sich drehte, konnte Jay endlich ihr Gesicht sehen. Sie war auch Japanerin. War dieser Mann der Vater der Braut? Sehr wahrscheinlich. Jay betrachtete die Braut genauer. Er hatte sie schon einmal gesehen.

Und zwar vor nicht allzu langer Zeit, wenn auch nicht persönlich. Er hatte ein Foto von ihr gesehen: in Olivias Cottage.

Das war Grace, Olivias Schwester. Und das war ihre Hochzeit. Grace begann, mit ihrem Vater zu tanzen, die Augen aller Gäste auf sie gerichtet, während ein junger Mann im Smoking mit einer älteren weißen Frau tanzte, von der Jay annahm, dass sie die Mutter des Bräutigams war. Als sich die zwei Paare zum Rhythmus der Musik drehten, nahm Jay plötzlich eine andere Bewegung am rechten unteren Rand der Szene, die sich vor seinem geistigen Auge abspielte, wahr. Sein geschultes Auge erkannte die Waffe sofort. Aber er konnte nur den Ärmel des Mannes sehen, der diese hielt. Er feuerte in die Menge, schickte die Gäste in Deckung, die dadurch zwangsläufig einen freien Weg zu den beiden tanzenden Paaren ebneten.

Die nächste Kugel traf die Braut in die Brust und Blut sickerte durch das jungfräuliche weiße Bustier. Ihr Vater, der immer noch seine Tochter in den Armen hielt und versuchte, sie abzuschirmen, wurde von der nächsten Kugel getroffen. Sie traf ihn am Hals, und sowohl Vater als auch Tochter stürzten zu Boden. Weitere Schüsse wurden zwischen den Schreien der Gäste abgefeuert und in diesem Moment sah er Olivia auf die Tanzfläche rennen, gekleidet in das blau-grün-pastellfarbene Kleid, das er auf dem Überwachungsband gesehen hatte.

Der Schrei, der über Olivias Lippen brach, zerriss sein Herz in tausend Stücke. Sie ging neben ihrem Vater und ihrer Schwester in die Hocke und drückte ihre bloßen Hände auf deren blutende Wunden, um den Blutverlust zu stoppen, aber sie bewegten sich nicht, atmeten nicht mehr. Sie waren beide tot.

Olivia drehte plötzlich den Kopf, und Jay sah, dass der Bräutigam die ältere Frau, mit der er getanzt hatte, in seinen Armen hielt. Ihr war in den Rücken geschossen worden, und der Bräutigam war in die Schulter getroffen worden.

„Mom!", schrie Olivia und rannte auf die ältere Frau zu, Tränen strömten über ihr Gesicht. „Nein, Mom, nein!!!"

Jays Herz zog sich vor Schmerz zusammen. Er hatte sich geirrt, als er angenommen hatte, der Bräutigam habe mit seiner eigenen Mutter getanzt. Er hatte mit der Mutter der Braut getanzt. Als er auf die Knie fiel, um sie auf den Boden zu senken, sah Jay das Gesicht der älteren Frau und erkannte, dass das Leben aus ihren Augen gewichen war.

Innerhalb von zehn Sekunden stand Olivia vor dem Nichts. Alle, die sie liebte, waren tot.

Als die Vorahnung verschwamm, wusste Jay, dass er diese Tragödie um jeden Preis verhindern musste. Wenn er es nicht täte, würde er niemals mit sich leben können. Das schuldete er Olivia.

13

Die Hochzeitszeremonie war wunderschön gewesen und sowohl Olivia als auch ihre Mutter hatten ein paar Freudentränen vergossen. Obwohl Olivia ihrer Schwester mit der Gästeliste geholfen und die RSVPs entgegengenommen hatte, war sie überwältigt von der Anzahl der Gäste und der Tatsache, dass sie kaum Gesichter unter ihnen erkannte. Sie kannte alle sechs Brautjungfern und ein paar männliche Freunde und Kollegen ihrer Schwester, aber alle anderen Gäste waren von der Seite des Bräutigams.

Die Zeremonie hatte am Nachmittag

stattgefunden, und nach Drinks und leichten Häppchen, während der das glückliche Paar mit dem Fotografen verschwand, hatte sich Olivia zurück in ihr Hotelzimmer geschlichen. Das exklusive Fünf-Sterne-Hotel war brandneu und befand sich im Nordosten von Washington D.C., mit weitläufigen Gärten und erstklassigen Annehmlichkeiten, darunter mehrere Pools, ein Spa und mehrere Ballsäle, die sich perfekt für Hochzeiten und andere große Veranstaltungen eigneten.

Dank der Verbindungen des Bräutigams zum Sohn des Hotelmanagers hatten Olivia und die anderen Gäste, die über Nacht bleiben wollten, ermäßigte Preise erhalten. Olivias Zimmer war fast so groß wie ihr ganzes Cottage. Sie hatte noch nie in einem so luxuriösen Hotel übernachtet. Aber das war nicht der Grund, warum sie sich zurück in ihr Zimmer geschlichen hatte, wo sie sich früher am Tag für die Hochzeit fertig gemacht hatte. Nein, sie konnte einfach nicht so lange lächeln, wenn ihr innerlich zum Weinen zumute war.

Sie wusste, dass es dumm war, immer noch so verstimmt wegen Jays Verrat zu sein. Er verdiente ihre Tränen nicht. Trotzdem war sie von sich selbst enttäuscht. Sie hatte sich immer für eine gute Menschenkennerin gehalten, aber anscheinend war das nur der Fall, wenn es um fiktive Charaktere ging. Wenn es um echte Menschen ging, war sie miserabel darin, Scheißkerle zu erkennen.

Aber die Flucht in ihr Hotelzimmer war nur vorübergehend. Als ihre Mutter ihr eine SMS schickte, dass das Abendessen bald serviert werden würde, musste sie zum Empfang zurückkehren und die glückliche Schwester und Trauzeugin spielen. Weder ihr Vater noch ihre Mutter wussten, was sie durchmachte, und sie hatte nicht die Absicht, ihnen davon zu erzählen. Sie waren nur ein paar Tage hier und sie wollte den glücklichen Anlass nicht verderben, indem sie sie mit ihren Problemen belastete.

Also setzte sie wieder ein tapferes Gesicht auf und gesellte sich zur Gesellschaft. Die Sitzordnung war sorgfältig geplant worden und Olivia erinnerte sich, dass sie, Grace und Timothy viele Abende zusammengesessen hatten, um auszutüfteln, was am besten wäre, um Streit zwischen bestimmten Gästen zu vermeiden. Da Timothys Eltern geschieden waren und manche Teile der Familie nicht mit anderen Teilen seiner Familie sprachen, war dies keine leichte Aufgabe. Olivia schwor sich, wenn sie jemals heiraten würde, würde es eine intime Angelegenheit werden.

Olivia saß schließlich mit zwei anderen Brautjungfern und Ella, einer entfernten Cousine von Timothy, sowie vier College-Kumpels des Bräutigams an einem Tisch. Eine der Brautjungfern hatte am Nachmittag schon viel zu viele Gläser Champagner getrunken und war so beschwipst, dass sie einfach über alles lachte, was jemand am Tisch sagte. Als zwei von Timothys College-Freunden verschwörerische Blicke austauschten, konnte Olivia bereits erahnen, was sie dachten. Einer von ihnen oder beide würden versuchen, das Mädchen ins Bett zu bekommen, bevor die Nacht vorbei war.

Normalerweise hätte Olivia die Brautjungfer im Auge behalten, damit das nicht passierte. Aber sie hatte das Mädchen am Nachmittag einer der anderen Brautjungfern erzählen hören, dass sie heute Abend einen gutaussehenden jungen Mann in die Hände bekommen wollte, um flachgelegt zu werden. Aber da sie schüchtern war, brauchte sie ein paar Drinks, um sich diesen Wunsch zu erfüllen. Wieso sollte sich Olivia also der uralten Tradition widersetzen, dass Brautjungfern Sex mit den Trauzeugen hatten?

Vielleicht sollte sie dasselbe tun und mit einem der gutaussehenden Typen schlafen. Es gab genug Auswahl. An ihrem eigenen Tisch fing einer der Kerle an, mit ihr zu flirten. Aber aus irgendeinem Grund war sie einfach nicht in Stimmung, darauf einzugehen, egal wie sehr sie es versuchte. Sie gab es auf und begann stattdessen ein Gespräch mit Timothys Cousine Ella aus Wisconsin. Sie wirkte schüchtern und keiner der Kerle schien sie zu beachten.

Olivia war froh, als das Dessert endlich kam. Das bedeutete, dass es Zeit für die Reden war und sie sich eine Weile nicht unterhalten musste. Wie alle anderen, drehte sie sich zu Timothy um, der zuerst sprach und erzählte, wie er und Grace sich kennengelernt und verliebt hatten. Es folgten Reden des Trauzeugen, dann ihres Vaters und schließlich von Grace selbst, doch Olivia hörte kaum zu.

Als sie Klatschen hörte, stimmte sie mit ein, bevor sie sich wieder ihrem Dessert zuwandte. Sie hatte es nicht angerührt. Sie hatte keinen Hunger. Es war ein Wunder, dass sie es geschafft hatte, zumindest etwas vom Hauptgericht zu essen.

„Isst du deinen Nachtisch nicht?", fragte Ella.

„Nein, willst du ihn?"

„Wenn du ihn nicht isst. Er ist köstlich", sagte Ella.

Olivia reichte ihn ihr, froh, dass er nicht weggeworfen werden würde. „Hier. Ich bin schon so satt."

Die Kellner fingen an, die Tische abzuräumen, und Olivia faltete ihre Serviette zusammen und legte sie auf den Tisch. „Entschuldigt mich. Ich gehe mich ein bisschen frisch machen."

Sie ging an den Tischen vorbei und wich Gästen aus, die diese Gelegenheit ebenfalls nutzten, um sich die Beine zu vertreten, nach draußen gingen, um zu rauchen, oder auf die

Toilette zu gehen. Oder diejenigen, die dem nächsten Teil der Hochzeitsparty einfach entfliehen wollten: dem Tanzen. Wäre sie nur ein gewöhnlicher Gast gewesen, nicht die Trauzeugin und Schwester der Braut, hätte sie die Hochzeitsfeier an dieser Stelle verlassen, und niemand hätte es bemerkt. Aber das konnte sie nicht tun. Ihre Eltern würden es bemerken und Grace ebenfalls. Und dann würde Grace sich fragen, ob irgendetwas mit ihr nicht stimmte. Und keine Braut sollte sich an ihrem Hochzeitstag um irgendetwas Sorgen machen müssen.

Vor den Damentoiletten hatte sich eine Schlange gebildet, also beschloss Olivia, die im anderen Flügel des Hotels zu benutzen. Dort wäre es ruhiger. Sie hatte recht. Sie war die einzige Person in der eleganten Damentoilette, welche nach teurer Seife roch. Drinnen rieselte sanfte Musik aus den Lautsprechern, die ihr das Gefühl gab, in einem Spa zu sein. Zumindest konnte sie hier ein bisschen aufatmen und ihre Kräfte sammeln, bevor sie sich wieder der Hochzeitsgesellschaft anschließen musste, um ihre Rolle so gut wie möglich zu spielen.

Der Gedanke, dass sie Jay gebeten hatte, als ihr Date dabei zu sein, erschien ihr jetzt ganz unwirklich. Was hatte sie sich dabei gedacht? Nur weil der Sex so gut war? Und bei Gott, der Sex war unglaublich gewesen. Noch nie zuvor hatte ein Mann ihr so gute Gefühle bereitet. Sie schüttelte die Gedanken ab. Es hatte keinen Sinn, ihm nachzuweinen. Es würde andere Männer geben. Ehrliche Männer. Das hoffte sie.

Entschlossen, keinen weiteren Gedanken an Jay zu verschwenden, verließ sie die Damentoilette. Sie ging nur ein paar Schritte, als sie an einer Nische mit einem Telefon vorbeikam. Der Alkoven war nicht leer. Drinnen küsste die beschwipste Brautjungfer von ihrem Tisch gerade einen von Timothys Freunden und den Geräuschen nach zu urteilen, war klar, dass sie bald einen privateren Ort finden würden, oder sie riskierten, aus dem Hotel rausgeschmissen zu werden.

Olivia wollte beinahe lachen. Wenn eine beschwipste Brautjungfer einen gutaussehenden Kerl landen konnte, indem sie einfach mit den Wimpern klimperte und über alles lachte, was der Kerl von sich gab, warum konnte sie das dann nicht tun? Schließlich war sie die Schwester der Braut, die Trauzeugin, und sie sah nicht schlecht aus. Es musste doch zumindest einen Typen unter den Gästen geben, auf dessen Bucket-Liste ˙ das Ficken einer Brautjungfer stand. Wie schwierig könnte es schon sein?

Willst du das wirklich? Einfach irgendeinen Typen ficken?

Sie hasste es, wenn ihr Gewissen sie daran hinderte, Spaß zu haben. Warum war sie so verklemmt? Konnte sie sich nicht einmal gehen lassen und einfach mit dem Strom schwimmen und etwas Leichtsinniges tun?

„Oh!" Das Keuchen kam von der beschwipsten Brautjungfer.

Erst jetzt bemerkte Olivia, dass sie immer noch dastand und in die Nische starrte. Die beiden starrten sie an, als wäre sie eine Voyeurin, die sich daran erfreute, anderen Menschen dabei zuzusehen, wie sie intim waren. Sie spürte, wie sie errötete.

„Oh, Entschuldigung", sagte sie schnell und suchte nach einer Ausrede. „Verdammte

Sandalen." Sie ging in die Hocke und tat so, als würde sie die Träger anpassen.

„Lass uns ... äh ...", sagte der Typ und nahm die Hand der Brautjungfer, um sie wegzuführen.

Als Olivia wieder aufstand, sah sie, wie sie zu den Aufzügen gingen. Tja, wenigstens bekam eine Frau heute Abend, was sie wollte. Vielleicht würde sie eines Tages so mutig sein wie die beschwipste Brautjungfer und einfach tun, was sie wollte, und sich einen Dreck darum scheren, was irgendjemand dachte.

14

Jay umklammerte das Lenkrad fester. „Wie lange noch?"

Neben ihm sah Yankee auf das Navi auf seinem Handy. „Vier Minuten. Bieg hier links ab."

Sie waren die Einzigen in dem weißen Lieferwagen, den sie hastig als Wäschereiwagen getarnt hatten. Nach Jays schrecklicher Vorahnung hatte er alle in der Villa alarmiert. Ace hatte schnell herausgefunden, wo und wann Grace Morikawas Hochzeit stattfand, während Lilly Yankee und Jay half, sich als Kellner zu verkleiden und ihre

Gesichter mit Bärten und Brillen zu tarnen. Zu einer großen Veranstaltung in einem riesigen Hotel zu gehen bedeutete, dass die Möglichkeit, von jemandem erkannt zu werden, astronomisch war. Aber dagegen konnte er jetzt nichts machen.

Als Ace die Adresse fand, waren Jay und Yankee bereit zu gehen. Ace konnte nicht mitkommen. Er musste die Überwachung von Olivias Cottage übernehmen, falls Smith dort auftauchte, während sie weg war. Und Lilly kümmerte sich um Phoebe, die immer noch unter morgendlicher Übelkeit litt, obwohl es früher Abend war. Fox und Michelle waren noch nicht von ihrer Mission zurückgekehrt.

„Wir schaffen das", versicherte ihm Yankee jetzt. „Es ist noch früh. Wenn das wie jede andere Hochzeit ist, haben sie wahrscheinlich noch nicht einmal das Abendessen beendet. Und getanzt wird immer nach dem Essen."

Jay hoffte, dass Yankee recht hatte. In der Ferne sah er das Hotel. „Da ist es."

„Fahr um die Seite herum. Von dem, was ich auf den Bildern auf ihrer Website sehen konnte, überblicken die Ballsäle die Gärten auf der

Hinterseite. Auf der linken Seite befindet sich ein Serviceeingang, an dem Lieferungen abgeladen werden. Wir dürften kein Problem haben, da reinzukommen."

„Ja. Gute Idee. Es war klug von dir, die Bilder auf der Website zu überprüfen, um zu sehen, was das Servicepersonal trägt. Mit etwas Glück können wir uns daruntermischen."

Ihre schwarzen Hosen und weißen Hemden mit schwarzen Fliegen kamen den Fotos der Kellner im Hotel nahe genug. Und das Hotel war groß und neu genug, sodass zwei fremde Gesichter unter den Angestellten nicht allzu viel Aufmerksamkeit erregen würden.

Jay parkte den weißen Lieferwagen zwischen einem größeren Lieferwagen und einer Hecke und verbarg so das Fahrzeug vor neugierigen Blicken. Er ließ den Schlüssel im Zündschloss stecken, für den Fall, dass sie schnell entkommen mussten, und sprang aus dem Van.

Jay und Yankee schauten sich verstohlen um, eilten zur Tür und betraten das Gebäude. Dies war ein Bereich, den die Hotelgäste nie zu sehen bekamen. Der Korridor führte zu verschiedenen Lager- und Servicebereichen, wie zum Beispiel den Bereitstellungsbereichen für ankommende Lebensmittel und andere Vorräte. Regale mit Tischwäsche und Reinigungsmitteln säumten den Flur. Es gab Kartons mit Blumenarrangements und anderen dekorativen Dingen. Am Ende des Flurs sah Jay, wie ein Angestellter auf sie zukam. Er trug eine schwarze Hose und ein weißes Hemd, aber er trug auch eine Smokingjacke.

„Hey, ihr zwei", rief der Mann Jay und Yankee zu. „Wo sind eure verdammten Jacken? Heute ist formelle Kleidung angesagt. Wir sind doch in keinem *Motel Six*."

„Tut mir leid, ein Gast hat uns vollgekotzt", log Jay. „Wir suchen nach sauberen Jacken."

Der Kellner deutete an ihnen vorbei. „Ihr seid gerade an der Wäscherei vorbeigelaufen, ihr Idioten."

Jay und Yankee hatten keine andere Wahl, als auf dem Absatz kehrtzumachen.

„Erste Tür links", sagte der Mann und fügte leise hinzu: „Neue Leute."

Jay betrat den Raum und sah mehrere Smokingjacken an einer Stange hängen. Er schnappte sich eine, schlüpfte hinein, und Yankee tat es ihm gleich, bevor sie wieder nach draußen stürmten und weiter ins Innere des Hotels vordrangen. Der andere Kellner war verschwunden.

Jay stieß die Tür auf und fand sich im öffentlichen Teil des Hotels wieder. Sattes Rot und Gold dominierten das elegante Foyer.

Yankee, der den Grundriss des Hotels studiert hatte, wies ihn an: „Nach rechts."

„Ich höre Musik", sagte Jay. Er beschleunigte seinen Gang, aber es waren Gäste und anderes Hotelpersonal in der Nähe, als sie am Rezeptionsbereich vorbeikamen, weshalb er nicht rennen konnte, ohne deren Aufmerksamkeit auf sich zu ziehen.

„Fast da", flüsterte Yankee.

„Sir, Sir", rief eine ältere Dame, die aus einem Flur links von Jay kam.

Jay blieb nicht stehen, aber die Frau war hartnäckig.

„Ich kann die Aufzüge nicht finden", sagte sie mit einem hilflosen Ausdruck auf ihrem Gesicht.

„Ich kümmere mich darum", sagte Yankee

und wandte sich an die Frau. „Ma'am, gehen Sie einfach hier nach rechts, vorbei an der Rezeption und dort finden Sie die Aufzüge."

Jay zog seinen Ohrstöpsel aus seiner Hosentasche und steckte ihn ins Ohr. Als Yankee ihn einholte, sah Jay bereits ein Schild vor dem von Palmen gesäumten Eingang zu einem Ballsaal. *Willkommen zum Bell-Morikawa-Hochzeitsempfang*, hieß es. *Private Veranstaltung, nur für geladene Gäste.*

Sein Herz hämmerte in seiner Brust. Tanzmusik ertönte aus dem Ballsaal. Nach seinen Berechnungen hatten sie nur noch ein oder zwei Minuten, bis der Schütze Olivias Familie töten würde.

„Ich gehe nach rechts, du nach links", befahl Jay, als sie den großen Ballsaal betraten. Rundherum standen kleine Palmen, die mit rosa Blumen und weißen Tüllschleifen geschmückt waren, in Terrakottatöpfen, und ließen den Veranstaltungsort so aussehen, als ob er im Freien wäre. Von der Decke hingen Palmzweige herab und bildeten einen Baldachin. Dazwischen erweckten funkelnde Lichter den Eindruck von Sternen am Nachthimmel.

Die Gäste standen im Kreis um die Tanzfläche, nur eine Frau saß im Rollstuhl und ein junger Mann rollte sie nun in Richtung Tanzfläche. In der hinteren Ecke spielte eine Band und in einer anderen Ecke boten Bambuswände einen versteckten Bereich für das Personal, um dort schmutziges Geschirr zu sammeln, Wein- und Champagnerflaschen zu öffnen und Wasserkrüge aufzufüllen. Ein Kellner war damit beschäftigt, ein volles Tablett mit schmutzigem Geschirr durch eine Tür an jenem Ende hinauszutragen.

„Siehst du ihn?"", fragte Jay und sprach leise in sein Mikrofon, während er die Menge und die Bereiche hinter den Palmen nach dem Schützen absuchte.

„Noch nicht", kam Yankees Antwort.

Wo zum Teufel hatte sich der Schütze versteckt? Jay blickte in die Menge. Alle schauten auf die beiden Paare, die nun zu tanzen begannen. Niemand nahm Notiz von Jay oder Yankee. Sogar die beiden Kellner, die die Tische abräumten, hatten ihre Arbeit eingestellt und schauten den tanzenden Paaren zu.

„Fuck", zischte Yankee plötzlich durch die Hörmuschel.

„Wo ist er?" Jay warf Yankee einen Blick zu. Er war in der Nähe des Bereichs, wo die Band spielte.

„Smith. Smith ist hier."

Jays Herz setzte einen Schlag aus. „Scheiße!"

Er folgte Yankees Blick und sah seinen Erzfeind nun auch. Er war ebenso elegant gekleidet wie die anderen Gäste, seine Augen auf die tanzenden Paare gerichtet. Von seinem Standort aus konnte Jay nicht erkennen, ob er eine Waffe trug, aber es war möglich.

„Behalte ihn im Auge. Lass ihn dich nicht sehen", sagte Jay, als er plötzlich eine Bewegung zu seiner Rechten wahrnahm. Hinter der Bambuswand tauchte auf einmal ein Mann auf. Er war kein Kellner, sondern trug Anzug und Krawatte. Ein Gast, aber eindeutig keiner, der eingeladen war.

„Der Schütze", warnte Jay Yankee. „Hinter der Bambuswand."

Jay sprintete auf den Mann zu, der Mitte dreißig zu sein schien, als er sah, wie dieser unter seine Jacke griff und versuchte, etwas hervorzuziehen. Jay raste auf ihn zu, gerade als der Schütze die Trennwand hinter sich gelassen hatte und eine Pistole hervorholte. Er prallte mit solcher Wucht auf ihn, dass der Typ das Gleichgewicht verlor und nach hinten gegen die Trennwand fiel. Als er taumelte, schnappte Jay die Hand, mit der er die Waffe hielt und entriss sie ihm, bevor er den Kerl in einen Würgegriff steckte.

„Verdammter Bastard", zischte er.

15

Olivia holte tief Luft und ging zurück zum Hochzeitsempfang, als sie am Eingang zum Ballsaal erstarrte. Alle Gäste waren um die Tanzfläche herum versammelt und sahen zwei tanzenden Paaren zu. Ihr Vater tanzte mit Grace und ihre Mutter mit Timothy. Die Musik war laut und alle konzentrierten sich auf die Tänzer, weshalb niemand bemerkte, was Olivia sah.

Ein großer, schwarzer Kellner stürzte auf einen Mann zu, der hinter einer Trennwand hervorkam, die Regale voll Weinflaschen und Plastikkörbe mit schmutzigem Geschirr versteckte. Der Mann war kein Kellner, sondern sah aus wie ein Gast, wäre da nicht die Waffe in seiner Hand gewesen. Olivias Herz blieb stehen. Der schwarze Kellner griff den bewaffneten Mann an und entwand ihm die Pistole. Genau in diesem Moment erschien ein anderer Kellner, ein großer blonder Typ, aus einer anderen Richtung, schnappte sich die Waffe vom Boden und steckte sie sich dann hinten in den Hosenbund, während der erste Kellner den Möchtegern-Schützen in einen Würgegriff steckte.

Sie hatte genug Polizeiserien gesehen, um zu wissen, dass die Person, die den Würgegriff durchführte, bei einer Strafverfolgungsbehörde arbeiten musste. Als er schließlich den Griff um den Schützen lockerte, sackte der Mann bewusstlos nach vorne.

Als die beiden heldenhaften Kellner plötzlich in ihre Richtung blickten, bemerkte sie, dass sie auf halbem Weg auf sie zugegangen war und nun nur noch wenige Meter von ihnen entfernt stand. Nahe genug, um das Gesicht des schwarzen Kellners deutlicher zu sehen. Er trug einen Spitzbart und sein schwarzes Haar war lockig und dicht. Eine Hornbrille saß auf seiner

Nase, doch er hatte keine Sehschwäche. Sie erkannte diese Augen. Das war kein x-beliebiger Kellner, das war Jay, der Mann, mit dem sie geschlafen hatte, der Mann, der ihr Büro durchwühlt hatte.

„Fuck", zischte Jay, und seine Stimme bestätigte, dass er es war.

Er tauschte einen kurzen Blick mit dem anderen Kellner aus, von dem sie annahm, dass er auch kein echter Kellner war. Beide Männer trugen Ohrstöpsel im Secret-Service-Stil.

„Wir müssen ihn von hier wegbringen", drängte der Blonde.

Jay nickte und jeder nahm einen Arm des bewusstlosen Mannes und legte ihn sich über die Schultern. Dann warf Jay ihr einen Blick zu. „Olivia, du hast mich nicht gesehen. Das ist nie passiert. Bitte."

Dann verschwanden er und sein Partner durch die Tür hinter der Bambuswand und zogen den bewusstlosen Mann mit sich. Wie konnte sie so tun, als wäre das nicht passiert? Nein, das konnte sie nicht einfach vergessen. Jay war ein Held, aber er wollte, dass sie so tat, als hätte sie nicht gesehen, wie er einen

Schützen entwaffnet hatte? Vieles machte keinen Sinn. Wie konnte derselbe Mann ihr Vertrauen missbrauchen, indem er ihre privaten Sachen durchwühlte, und gleichzeitig sein eigenes Leben riskieren, um bei der Hochzeit ihrer Schwester einen Schützen zu entwaffnen?

Sie warf einen schnellen Blick über ihre Schulter, wo die beiden Paare immer noch tanzten und die Gäste ihnen immer noch zusahen. Niemand hatte bemerkt, was passiert war.

Entschlossen, mit Jay zu sprechen, folgte sie ihm durch die Tür in den Servicebereich des Hotels. Jay und sein Partner waren bereits auf halbem Weg durch den Korridor.

„Jay, warte!", rief sie ihm nach.

Er warf einen schnellen Blick über seine Schulter. „Geh zurück zum Empfang, Olivia."

Plötzlich kam ein weiterer Kellner aus einer Tür und sah zu den beiden Männern, die den Bewusstlosen schleppten. „Was ist denn hier los?"

„Der Typ kann den Alkohol nicht vertragen", antwortete Jay.

„Ja, so jemand ist immer dabei, nicht

wahr?", fügte Jays Partner hinzu. „Wir setzen ihn einfach in ein Taxi."

„Ja, bringt ihn raus", sagte der Kellner und blickte dann in Olivias Richtung. „Gehört der zu Ihnen?"

„Ja, äh", sagte Olivia und näherte sich hastig, „mein Schwager. Er ist Alkoholiker. Tut mir leid, er hätte nie zur Hochzeit eingeladen werden sollen." Die Lüge rollte ihr über die Lippen wie ein gut einstudierter Dialog aus einem ihrer Bücher. Manchmal zahlte es sich aus, eine professionelle Autorin zu sein.

Olivia wechselte einen Blick mit Jay und schließlich nickte er. „Besorgen wir ihm ein Taxi, Ma'am. Kommen Sie mit, damit Sie dem Taxifahrer seine Adresse geben können."

Sie folgte ihnen durch den Korridor, um ein paar Kurven herum, bis sie schließlich eine Tür erreichten, die nach draußen führte. Dort steuerten Jay und sein Partner auf einen weißen Lieferwagen zu. Olivia blieb ihnen auf den Fersen und sah zu, wie sie die Seitentür des Lieferwagens öffneten. *Brilliant White Laundry Service* stand da. Mit jedem Moment, der verging, wurde sie misstrauischer.

„Was ist hier los?", fragte sie, und Jay trat zur Seite und gewährte ihr plötzlich einen genauen Blick auf das Gesicht des bewusstlosen Mannes. Sie erstarrte. „Ach du lieber Gott." Sie zeigte auf den Mann. „Das kann nicht sein."

„Was?", fragte Jay und schaute von ihr zu dem Mann, den er überwältigt hatte. „Kennst du ihn?"

Olivia nickte. „Das ist Dirk Clover. Er arbeitete im selben Architekturbüro wie meine Schwester." Ihr Herz schlug außer Kontrolle. „Er fing an, sie zu stalken, und es wurde so schlimm, dass die Firma ihn feuerte und Grace ein Kontaktverbot gegen ihn erwirkte." Sie sah von Dirks Gesicht weg zu Jay und seinem Partner. „Deshalb bist du hier? Jemand hat dir mitgeteilt, dass er gegen die einstweilige Verfügung verstoßen hat? Oh mein Gott, er hat wirklich versucht, meine Schwester zu töten, oder?"

Diese Erkenntnis jagte ihr trotz des warmen Abendwetters einen eiskalten Schauer über den Rücken.

„Seid ihr von der Polizei? Bist du deshalb

hier?" Sie zeigte auf Jays Gesicht. „Verkleidet mit falschem Bart und Haaren?"

„Wir sind nicht von der Polizei."

„Was seid ihr dann? Diese Ohrhörer sehen nicht billig aus. Und dieser Würgegriff, den du bei ihm angewendet hast, sah professionell aus."

Sie bemerkte, dass Jay und sein Partner einen Blick austauschten.

„Ich kümmere mich um ihn", sagte der Blonde. „Das klärst du besser mit ihr. Niemand darf davon erfahren."

Etwas an seinen Worten machte sie misstrauisch. „Was meint er mit *um ihn kümmern*?" Sie musterte den Blonden von oben bis unten und bemerkte, dass sein Bart auch nicht ganz natürlich aussah. „Wir müssen die Polizei rufen, um ihn festnehmen zu lassen. Er hat versucht, meine Schwester zu töten." Und vielleicht auch Timothy.

„Das können wir nicht", sagte der Blonde.

„Aber ich habe alles gesehen. Ich kann es bezeugen. Er wird wegen versuchten Mordes eingesperrt."

„Wir können nicht zur Polizei gehen", sagte

Jay. „Niemand darf wissen, dass wir heute hier waren –"

„Aber ihr seid Helden. Du hast meine Schwester gerettet, und wer weiß, wie viele andere er noch erschossen hätte."

„Olivia, du musst mir glauben, wenn ich dir sage, dass wir nicht zur Polizei gehen können. Yan– mein Freund und ich können nicht zu den Behörden gehen. Wir müssen das auf unsere Weise erledigen."

Sie schnappte nach Luft. „Ihr werdet von der Polizei gesucht."

Jay zuckte mit den Schultern. „Nicht von der Polizei, nein. Aber wenn die Polizei uns auf dem Radar hat, werden unsere Feinde uns auch bald im Visier haben." Er wandte sich an seinen Partner: „Sorge dafür, dass dieser Dreckskerl weiß, dass wir ihn töten werden, wenn er jemals wieder in die Nähe von Graces Familie kommt."

„Kein Problem. Ich werde es ihm einhämmern, damit er es nicht so schnell vergisst." Der Blonde schob die Seitentür des Lieferwagens zu. „Pass auf dich auf."

Jay nickte und drehte sich dann ganz zu ihr um, während seine Augen die Umgebung durchstreiften, als wollte er prüfen, ob jemand sie beobachtete. „Ich wünschte, du hättest mich nicht erkannt. Ich hatte nicht die Absicht, dir diesen Tag zu verderben. Aber da du gesehen hast, was passiert ist, bin ich dir eine Erklärung schuldig. Doch wir können nirgendwo in der Öffentlichkeit sein. Niemand darf uns belauschen.“

Olivia nickte. „Ich habe ein Zimmer im Hotel. Wir können dorthin gehen, um zu reden.“ Sie wandte sich zum Diensteingang zu, aber Jay stoppte sie.

„Wir gehen durch den anderen Eingang.“ Dann streifte er die Smokingjacke, die er trug, ab und warf sie hinter einen Busch, lockerte seine Fliege und entledigte sich auch dieser. „Es ist am besten, wenn wir wie ein Paar aussehen. So fallen wir weniger auf. Macht's dir was aus?“

Er streckte ihr die Hand hin und sie ergriff sie. Das erinnerte sie an den Abend, als er sie vom Restaurant nach Hause begleitet hatte. War es dumm von ihr, das zuzulassen? Ihn in ihr Hotelzimmer einzuladen, wo sie allein wären und wo ihr niemand zu Hilfe kommen würde, wenn sie es brauchte? Gleichzeitig erinnerte sie sich an den Moment, als sie die Waffe in Dirks Hand entdeckt hatte. Sie hatte keinen Zweifel daran, dass Graces Stalker geplant hatte, das Brautpaar zu töten. Und Jay und sein Partner hatten die Tragödie verhindert. Für diese Heldentat war sie ihm zu Dank verpflichtet. Wenn er ihr wirklich etwas antun wollte, hätte er sie mit Dirk in den Van geworfen und wäre mit seinem Partner davongefahren, ohne dass es jemand bemerkt hätte.

Als sie die Aufzüge erreichten, sah Olivia zu ihm auf. Wer war Jay wirklich? Ein Dieb zum Anheuern? Ein widerwilliger Held? Oder etwas ganz anderes? Denn mit Sicherheit war er kein sanftmütiger Yogalehrer. Die Art und Weise, wie er sich nur wenige Minuten zuvor verhalten hatte, war Beweis dafür, dass seine Ausbildung auf etwas anderem wurzelte. Militär, wenn sie raten musste, da er bestritt, bei der Strafverfolgung zu sein. Trotzdem erklärte nichts von dem, was sie heute gesehen hatte, warum er ihr Cottage durchsucht hatte. Diese Tat passte überhaupt nicht zu dem, was heute passiert war. Aber sie würde nicht aufhören,

Fragen zu stellen, bis sie alle Antworten hatte, die sie brauchte, um zu beurteilen, ob Jay ihrer Gefühle wert war. Denn sie hegte immer noch Gefühle für ihn, obwohl er ihr Vertrauen missbraucht hatte.

16

Von einem großen Blumenkasten im Foyer des Hotels, hinter dem er sich versteckt hatte, damit der Mann, den er in Begleitung der Schwester der Braut zum Aufzug gehen sah, ihn nicht bemerkte, trat Smith hervor. Nachdem das Brautpaar mit den Eltern der Braut getanzt und dann andere Gäste eingeladen hatte, sich ihnen auf der Tanzfläche anzuschließen, war er aus dem Ballsaal herausgetreten, um einen Anruf zu tätigen. Smith war nicht am Tanzen interessiert. Tanzen war etwas für glückliche Menschen. Und er war nicht glücklich.

Jones saß ihm im Nacken, verärgert über

den langsamen Fortschritt ihres Plans. Obwohl Smith alles tat, um die neue Einrichtung in Gang zu bringen, nachdem die Ex-Stargate-Agenten die alte Einrichtung in die Luft gesprengt hatten, schlichen die Fortschritte im Schneckentempo voran. Es hatte nicht geholfen, dass einer ihrer wichtigsten Wissenschaftler während des Angriffs getötet worden war, zusammen mit mehreren der unterstützenden Mitarbeiter, obwohl diese leicht zu ersetzen waren. Der leitende Wissenschaftler war es nicht. Und Smiths eigenes Fachwissen erstreckte sich nicht auf die neurologische Wissenschaft.

Zumindest hatte Smith die bereits durchgeführten Gehirnscans retten können und die Daten in den Prototyp eingespeist, der bald ein voll funktionsfähiger Quantencomputer sein würde. Der Computer war jedoch nur so gut wie die Daten, die er erhielt, was bedeutete, dass mehr Daten benötigt wurden. Sie brauchten mehr ehemalige Stargate-Agenten. Er musste jene Daten aus ihren Gehirnen extrahieren, die für ihre präkognitiven Fähigkeiten verantwortlich waren, jenen Teil ihres Gehirns, der ihnen die Gabe der Vorahnung verlieh.

Sobald genügend gute Daten in den Computer eingespeist wären, würde die künstliche Intelligenz übernehmen und eine Maschine erschaffen, die zukünftige Weltereignisse präzise vorhersagen konnte. Und wer auch immer die Macht in seinen Händen hielt, die Zukunft zu kennen, würde tatsächlich allmächtig sein und nicht nur über die Vereinigten Staaten, sondern die ganze Welt herrschen.

Im Moment musste er Jones bei Laune halten, denn ohne dessen Geld und Einfluss wäre das Projekt nie auf die Beine gekommen. Er würde sich später um ihn kümmern. Das einzige Hindernis zwischen ihm und dieser Macht waren die Mitglieder des streng geheimen Stargate-Programms. Ihre Gabe war ein Segen und ein Fluch zugleich. Ein Segen, weil es Smith ermöglichte, ihre Kräfte zu nutzen, und ein Fluch, weil sie jederzeit Vorahnungen haben konnten, die alle Pläne von Smith enthüllen könnten. Sie wussten schon zu viel. Tiger, der Agent, den sie gerettet hatten, bevor Smiths Leute den Gehirnscan durchführen konnten, hatte zu viel mitgehört. Einige seiner Geheimnisse waren gelüftet, und er konnte nur hoffen, dass er den Agenten einen Schritt voraus bleiben würde.

Smith warf einen Blick auf die sich schließenden Fahrstuhltüren. Der große Schwarze mit dem Spitzbart, dem vollen Haar und der Brille, der die Hand der Schwester der Braut hielt, hatte etwas Vertrautes an sich. Es dauerte nur ein paar Sekunden, bis ihm klar wurde, warum. Das war Jay Garner, Ex-CIA-Stargate-Agent, Codename Tiger, der Mann, der vor über zwei Wochen für den Gehirnscan auf einer Bahre gelegen hatte, als mehrere Ex-Stargate-Agenten hereingestürzt waren, alle getötet und Tiger gerettet hatten. Und hier war er, Händchen haltend mit Olivia Morikawa, der Trauzeugin. Wie standen die Chancen für so einen Zufall?

So wie es aussah, war Tiger in einer Beziehung mit Olivia, oder warum sonst sollten sie Händchen halten und sich von der Hochzeitsfeier wegschleichen, ohne Zweifel, um in ein Zimmer zu verschwinden? Er hatte Tiger weder bei der Zeremonie noch beim Cocktailempfang im Garten oder beim Abendessen gesehen. Es schien, dass er kein geladener Gast war, sonst wäre er früher dabei gewesen und hätte neben seinem Date gesessen.

Es war nicht schwer zu erraten, warum er der Party nicht beigewohnt hatte: Er konnte es nicht riskieren, an einer so großen Veranstaltung teilzunehmen, besonders nicht an einem Ort wie Washington D.C., wo er von jedem erkannt werden konnte, der mit der CIA in Verbindung stand. Er musste herumschleichen, um seine Freundin zu sehen. Und obwohl seine Verkleidung gut war und die meisten Leute nicht bemerkt hätten, wer sich unter dem falschen Bart, den Haaren und der Brille versteckte, war Smith mit allen Arten von Verkleidungen vertraut und darin geübt, einen falschen Bart aus der Ferne zu erkennen.

Er kicherte fast vor sich hin. Tiger würde ihn zu den anderen Agenten führen, die ihn eindeutig irgendwo versteckten. Und dann würde er sie alle bekommen. Es wäre ein Kinderspiel. Bald würden sie alle auf eine Bahre geschnallt werden und dieses Mal würde Smith jede letzte Gehirnwelle aus ihnen heraussaugen. Und um diese Bastarde dafür zu bestrafen, dass sie seine Pläne durchkreuzt hatten, würde er sie zwingen, zuzusehen, wie er die Frauen tötete, die ihnen halfen. Rache war süß.

„Da bist du ja."

Er wandte sich der weiblichen Stimme hinter sich zu und sah Evelyn näherkommen. Sie sah in ihrem langen silbernen Kleid trotz ihres Alters umwerfend aus. Mit neunundfünfzig war sie immer noch schön und schlank, aber er hatte sie satt. Mit ihr zu schlafen war langweilig. Glücklicherweise initiierte sie nicht sehr oft Sex und er hatte zu viele wichtigere Dinge im Kopf, um sich darüber Sorgen zu machen. Zumindest versorgte sie ihn mit dem, was er am meisten suchte: Verbindungen und Ansehen. Bald würde er nichts davon mehr brauchen und dann würde er sie gegen jemanden eintauschen, der für einen Mann mit Macht besser geeignet wäre.

Er zauberte ein Lächeln auf sein Gesicht. „Ja, meine Liebe?"

„Ich habe nach dir gesucht. Du hast

versprochen, mit mir zu tanzen. Was hast du gemacht?"

„Entschuldigung, ich musste gerade einen Anruf aus dem Büro entgegennehmen."

„Alles in Ordnung?"

„Nichts, über das man sich sorgen sollte." Er nahm ihre Hand. „Na, wie wäre es jetzt mit einem Tanz?"

17

Jay folgte Olivia ins Hotelzimmer und schloss die Tür hinter sich. Er nahm seine Hörmuschel ab und steckte sie in die Hosentasche. Olivia hatte nie schöner ausgesehen und für einen Moment nahm er den Anblick in sich auf und bedauerte, dass es zwischen ihnen vorbei war. Trotzdem schuldete er ihr eine Erklärung, damit sie niemandem verraten würde, dass sie gesehen hatte, was er und Yankee getan hatten.

Es gab einen Moment der Stille zwischen ihnen und sie standen einfach nur ein paar Meter voneinander entfernt und sahen sich an. Er war sich nicht sicher, wie er anfangen sollte.

Darauf war er nicht vorbereitet, denn er hatte nicht damit gerechnet, dass Olivia ihn erkennen würde, aber es hatte keinen Sinn, sich jetzt darüber zu beklagen. Olivia wollte Antworten.

„Woher wusstest du, was Dirk vorhatte?", fragte sie, ihre Stimme ruhig und gesammelt, obwohl ihr Atem immer noch nicht zu seinem normalen Rhythmus zurückgekehrt war und ihre Brust sich unter dem Seidenstoff ihres Brautjungfernkleides hob.

Sie sah aus wie eine Nymphe oder eine Meerjungfrau, schön, zierlich und verletzlich.

„Ich habe es gesehen."

Sie schüttelte den Kopf. „Du hast ihn gesehen, als du den Ballsaal betreten hast? Aber warum bist du überhaupt hier? Und als Kellner verkleidet. Ich verstehe es nicht."

„Was ich meinte, war, dass ich eine Vorahnung hatte, was hier passieren würde."

Ihre Lippen öffneten sich mit einem Atemzug. „Lüg mich nicht an, Jay. Verdiene ich nicht die Wahrheit?"

„Es ist die Wahrheit", sagte er ruhig, wohl wissend, dass es eine Weile dauern würde, bis sie es akzeptieren würde.

„Willst du damit sagen, dass du ein Hellseher bist?"

„Wir nennen es nicht so. Ich bin ein Präkognitiver. Ich sehe zukünftige Ereignisse, fast immer Untergangsvisionen, schreckliche Ereignisse, so wie ich Dirk gesehen habe."

Sie runzelte die Stirn. „Du hast ihn in einer Vision gesehen? Dass er hier mit einer Waffe auftaucht?"

„Ja. Aber es war noch nicht alles. Ich habe die Schießerei gesehen. Ich sah die Menschen, die starben, und erkannte Grace auf einem Bild, das du in deinem Cottage hast. Du hattest mich als dein Date zur Hochzeit eingeladen. Deshalb wusste ich davon."

„Wer ist in deiner Vision gestorben?" Er bemerkte, dass ihre Lippen zitterten. „Meine Schwester und ihr Mann? Dirk hat sie beide getötet?"

Jay schüttelte den Kopf. „Ihr Mann hat überlebt. Grace nicht. Die beiden Leute, mit denen sie und ihr Mann getanzt haben, auch nicht." Er begegnete Olivias Blick. „Das konnte ich nicht zulassen. Du hättest jeden in deinem Leben verloren. Alle, die du liebst."

Olivias Augen weiteten sich. Sie bewegte sich nicht, sprach nicht, schluckte nur schwer, bevor sie Luft holte. „Dirk hat Grace und meine Eltern getötet?" Sie blinzelte kurz, bevor sie ihn wieder ansah. „Meine Eltern haben Grace ermutigt, ein Kontaktverbot gegen ihn zu erwirken. Eine Zeit lang zog sie sogar wieder bei ihnen ein, weil sie sich nicht sicher fühlte. Dirk muss es herausgefunden haben."

Es machte Sinn, warum Dirk auch sie ins Visier genommen hatte und nicht nur Grace. „Es tut mir leid, Olivia. Aber jetzt ist es vorbei. Ich konnte es verhindern. Und Dirk wird nicht zurückkommen. Dafür sorgen mein Freund und ich. Das verspreche ich dir." Er atmete ein. „Ich muss gehen. Kann ich darauf vertrauen, dass du mein Geheimnis bewahrst?"

„Du kannst jetzt nicht einfach gehen."

„Ich kann nicht bleiben. Ich habe schon zu viel riskiert."

Olivia legte ihre Hand auf seinen Unterarm. „Du hast mir noch gar nichts erzählt. Wer bist du wirklich? Und sag mir nicht, du bist ein Yogalehrer. Denn wie du Dirk überwältigt hast, wie du dich bewegt hast, das lernt man nicht im

Yoga. Wo hast du das gelernt? Du wusstest, dass Dirk eine Waffe hatte und wie ich sehe, bist du selbst nicht bewaffnet. Du bist mit deinen bloßen Händen gegen ihn angetreten."

Jay schloss die Augen. Er wollte ihre Hand abschütteln und ihre Fragen ignorieren, aber ihre Nähe bewirkte etwas in ihm. Er wollte, dass sie wusste, dass er kein schlechter Kerl war, obwohl er ihr Vertrauen missbraucht hatte.

„Jay, bitte rede mit mir."

Langsam öffnete er seine Augen und sah sie an. „Nur indem ich hier bei dir bin, bringe ich dich in Gefahr. Du solltest so weit wie möglich von mir weglaufen."

„Das kann ich nicht, Jay. Ich muss wissen, wer du bist. Verdammt, Jay, wir haben uns geliebt und du kannst nicht einfach so tun, als hätte es dir nichts bedeutet."

„Das hat es nicht", log er und wusste, dass sie ihn nur so gehen lassen würde.

Sie schüttelte spöttisch den Kopf. „Du riskierst also dein Leben, um die Familien all deiner One-Night-Stands vor bewaffneten Stalkern zu retten? Das kaufe ich dir nicht ab."

Anscheinend war seine Fähigkeit,

überzeugend zu lügen, etwas eingerostet. Oder Olivias Bullshit-Detektor war erstklassig.

„Gut. Du gewinnst. Aber bevor ich dir eine Antwort auf deine Fragen geben kann, muss ich dich etwas fragen."

„Was möchtest du wissen?"

Er beobachtete ihr Gesicht genau und nutzte alles, was er bei der CIA gelernt hatte, das ihm helfen würde, eine Lüge zu erkennen, falls Olivia ihm nicht wahrheitsgemäß antwortete. „Wie viele Hochzeitsgäste kennst du?"

„Hmm? Warum, äh, was hat das mit irgendetwas zu tun?"

„Beantworte einfach die Frage."

„Okay. Na ja, meine Eltern und meine Schwester und ihren Mann natürlich."

„Wen sonst noch?"

„Die Brautjungfern sind zwar eigentlich Graces Freundinnen, aber ich kenne sie von ein paar Mädelsabenden. Warum?"

„Was ist mit der Familie des Bräutigams? Brüder? Eltern? Onkel?"

Olivia schüttelte mit gerunzelter Stirn den Kopf und bestätigte damit, dass sie keine

Ahnung hatte, warum er fragte. „Ich habe sie alle heute erst kennengelernt. Und wenn ich kennengelernt sage, meine ich, wir haben uns nur begrüßt und ein bisschen Smalltalk gemacht."

„Kennst du noch andere Leute, die an der Hochzeit teilnehmen? Irgendwelche Freunde oder Kollegen? Insbesondere weiße Männer um die fünfzig und sechzig."

„Nein, ich habe dir doch schon gesagt, dass ich niemanden kenne. Es sind alles Timothys Freunde und Familie. Und ich interessiere mich ganz sicher nicht für alte weiße Männer."

Jay studierte ihr Gesicht. Er entdeckte keine Unaufrichtigkeit in ihren Augen oder ihren Manieren. Sie sagte die Wahrheit.

„Vielen Dank. Ich glaube dir." Er hielt einen Moment inne, bevor er fortfuhr: „Ich habe nicht beim Militär trainiert. Ich habe in Camp Peary trainiert."

„Camp Peary?", fragte sie.

Er antwortete nicht. Stattdessen wartete er, bis die Neuigkeit bei ihr einsank, damit Olivia ihre eigenen Schlüsse ziehen konnte.

„Die CIA?"

Er nickte.

„Deshalb bist du verkleidet und hast Dirk so leicht überwältigt. Dein Freund auch. Ihr seid beide bei der CIA.“

„Das waren wir“, korrigierte Jay sie.

„Du hast die CIA verlassen?“

Jay überlegte, wie viel er ihr sagen sollte. Er wusste, dass die Freundinnen von Ace, Fox und Yankee jedes Detail darüber wussten, was den ehemaligen Stargate-Agenten widerfahren war, aber Olivia war nicht seine Freundin. Er konnte es nicht rechtfertigen, Olivia Geheimnisse zu offenbaren, die nicht nur seine waren. Er musste seine Agentenkollegen beschützen.

„Das ist alles, was ich dir über das sagen kann, was ich getan habe. Ich hoffe, du kannst mir vertrauen, wenn ich dir sage, dass es für dich sicherer ist, wenn du nicht zu viel weißt. Ich weiß, dass es nicht einfach ist, mir zu vertrauen, nachdem ich dein Zuhause durchsucht habe, aber ich hoffe, du kannst mir nur dieses eine Mal noch glauben.“

Er sah ihr in die Augen und bat sie, ihn zu verstehen.

„Du willst, dass ich dir vertraue? Das kann

ich tun. Aber nur, wenn du mir erklären kannst, wonach du in meinem Büro gesucht hast." Sie hob ihr Kinn. „Ich gehe jetzt davon aus, dass es nicht mein Manuskript war."

Er schüttelte den Kopf. „Nein, ich hatte wirklich keine Ahnung, dass du eine berühmte Science-Fiction-Autorin bist. Ich habe nicht nach deinem Manuskript gesucht. Ich habe nach Beweisen gesucht, dass du mit einem Mann in Verbindung bist, den ich suche."

„Mit welchem Mann?"

„Einem weißen Mann Ende fünfzig oder Anfang sechzig, der den Namen Smith trägt, obwohl es aller Wahrscheinlichkeit nach nur ein Deckname ist."

Olivia blinzelte und verstand schnell. „Deshalb hast du mich gefragt, ob ich einen der Hochzeitsgäste kenne. Aber warum denkst du überhaupt, dass ich ihn kenne?"

„Ich habe ihn in deinem Cottage gesehen." Er nahm seine Brille ab, legte sie auf den Schreibtisch und rieb sich den Nasenrücken.

„Wann? Ich habe dort keine älteren Männer zu Besuch gehabt. Nur meinen Vater und er ist Japaner, kein Weißer, und das weißt du."

„Ich hatte eine Vorahnung, dass er dein Cottage betreten würde. Zuerst wusste ich nicht, dass es dein Haus war, aber während der Vision sah ich ein Foto und ich erkannte dich aus der Yogaklasse. Es war die einzige Spur, die ich zu Smith hatte. Ich musste ihr folgen, also musste ich herausfinden, ob du weißt, wer er ist. Aber ich konnte dich nicht einfach fragen. Ich hatte keine Ahnung, ob du mit ihm verwandt bist oder er ein Freund oder Kollege oder irgendetwas anderes ist. Also musste ich ... dir nahekommen."

Ihr Kinn klappte auf und für einen Moment hatte er keine Ahnung, wie sie reagieren würde. „Du hast mit mir geschlafen, nur um –"

„Nein!", unterbrach er sie sofort. „Ich habe mit dir geschlafen, weil ich dich von dem ersten Moment an wollte, als du einen Fuß in meine Klasse gesetzt hast."

„Wenn das wahr wäre, hättest du mich schon viel früher um ein Date gebeten und nicht gewartet, bis du dachtest, ich könnte dich zu diesem Mann führen, zu diesem Smith."

Er fuhr sich mit der Hand durch sein falsches Haar. „Verdammt, ich habe dich nicht um ein Date gebeten, weil ich zehn Jahre älter bin als du und ich kein Recht habe, eine Frau, für die ich etwas empfinde, in mein beschissenes Leben hineinzuziehen."

„Verdammt noch mal, Jay! Ich weiß nicht mehr, was ich glauben soll." Sie funkelte ihn an.

„Glaub das", sagte er und zog sie in seine Arme. Er nahm ihre Lippen gefangen, bevor sie protestieren konnte und küsste sie. Eine Sekunde lang war Olivia in seinen Armen steif, aber dann reagierte sie – nicht, indem sie ihn zurückstieß, wie er angenommen hatte, sondern indem sie ihre Arme um ihn schlang und seinen Kuss erwiderte.

Er hatte sie vermisst, hatte vermisst, ihren Körper an seinen gepresst zu spüren, ihre Lippen auf seinen. So sehr er ihr das Kleid ausziehen und seinen schmerzenden Schwanz in ihr vergraben wollte, regte sich sein Gewissen und er brach den Kuss ab. Er musste sich stoppen, bevor er etwas Unverantwortliches tat.

18

Olivia spürte, wie kühle Luft an ihre Lippen wehte und Jay sich von ihr zurückzog.

„Es tut mir leid, Olivia. Das hätte ich nicht tun sollen. Ich darf dich nicht in dieses Chaos mithineinziehen. Bitte glaub mir: Ich wollte nur deine Familie vor dem Attentäter retten und dann verschwinden, ohne dass du je erfahren hättest, was passiert ist. Ohne dass du mich je gesehen hättest."

„Aber ich habe dich gesehen. Und ich kann nicht einfach so tun, als hätte ich nicht gesehen, was du getan hast. Du hast meine

Familie gerettet." Und dafür würde sie ihm immer dankbar sein.

Aber jetzt hatte sie auch Hoffnung auf etwas anderes. Jay hatte gesagt, dass er sie von dem Moment an haben wollte, als er sie im Unterricht gesehen hatte. Und das Gefühl beruhte auf Gegenseitigkeit. Vielleicht könnte also immer noch etwas zwischen ihnen sein. Wenn sie verstehen konnte, warum es ihm so wichtig war, diesen Mann zu finden, dass er dafür riskierte, hinter ihrem Rücken herumzuschnüffeln, dann könnte sie ihm das vielleicht verzeihen.

„Jay, sag mir, warum du so erpicht darauf bist, diesen Mann zu finden, dass du –"

„Dass ich dir dabei wehgetan habe?", unterbrach Jay sie und strich mit dem Daumen über ihre Unterlippe. „Welchen Unterschied soll das machen? Ich habe dir wehgetan. Ich habe dein Vertrauen missbraucht."

„Du kommst mir wie ein Mann vor, der niemals etwas tun würde, wenn er keinen guten Grund dafür hätte. Sag mir, was der Grund war", bat sie. „Das schuldest du mir dafür, dass du mich benutzt hast."

Er nickte langsam. „Der Mann, den ich suche, hat meine Freunde und meinen Mentor, den Mann, für den ich bei der CIA gearbeitet habe, getötet. Smith hat ihn vor über drei Jahren ermordet und seitdem bin ich auf der Flucht.“

Olivia holte tief Luft. „Oh Gott. Er ist ein Mörder? Und du dachtest, ich hätte irgendeine Beziehung zu ihm? Wie konntest du es überhaupt ertragen, mich zu berühren, wenn du den Verdacht hattest, dass ich ihn kenne?“

„Es war einfach. Ich wollte es nicht glauben. Ich wollte mir selbst beweisen, dass du nichts mit ihm zu tun hast und nichts von seinen Verbrechen weißt.“ Er seufzte. „Und doch hast du mich zu ihm geführt.“

„Was?“ Sie wich zurück. „Aber ich habe dir gesagt, dass ich den Mann, den du beschreibst, nicht kenne. Ich ...“ Dann dämmerte es ihr plötzlich. „Du hast mich gefragt, ob ich einen Hochzeitsgast kenne, auf den diese Beschreibung passt. Willst du damit sagen, dass dieser Mann hier ist? Jetzt?“

„Ich habe ihn gesehen, kurz bevor ich Dirk überwältigt habe. Er war unter den Gästen und hat deiner Schwester beim Tanzen zugesehen.“

„Oh mein Gott, du musst die Polizei rufen. Lass ihn verhaften.“

„Das kann ich nicht. Er darf nicht wissen, dass ich ihn suche, oder dass ich überhaupt hier bin. Sonst bringt er mich auch um.“

„Aber die Polizei, sie kann dich beschützen.“

Jay schüttelte nur den Kopf. „Selbst die CIA konnte uns nicht schützen. Es waren ungefähr dreißig von uns. Alle hoch qualifizierte, gut ausgebildete Agenten, und Smith hat es geschafft, uns auszulöschen. Ich habe keine Ahnung, wie viele noch am Leben sind. Ich kenne mehrere, die getötet wurden, die meisten anderen verstecken sich oder sind tot, ich weiß nicht, wer. Ich habe in den letzten zwei Wochen drei Agentenkollegen persönlich kennengelernt. Der Mann, der Dirk weggekarrt hat, ist einer von ihnen.“

„Aber was machst du, wenn du nicht zur Polizei oder zur CIA gehen kannst?“

„Wir suchen ihn, damit wir herausfinden können, wer er wirklich ist und für wen er arbeitet. Aber bisher sind wir leer ausgegangen.

Leider haben wir kein Foto, mit dem wir die Gesichtserkennung durchlaufen können. Das behindert unsere Suche."

„Stopp. Du sagst, du hast Smith beim Empfang gesehen. Du weißt also, wie er aussieht, aber du hast kein Foto?"

„Er hatte mich vor fast drei Wochen in seinen Fängen. Die anderen drei Agenten haben es geschafft, mich zu befreien, aber Smith ist entkommen."

Olivias Herz pochte. „Deshalb warst du nicht im Yogastudio."

„Ja, und wenn ich nicht die Vorahnung gehabt hätte, in der ich Smith in deinem Cottage gesehen habe, wäre ich nicht nach Alexandria zurückgekehrt."

Olivia legte ihre Arme um ihn und drückte ihn fest, bevor sie ihr Gesicht zu ihm hob und ihr eine Idee kam. „Ich habe während der Cocktailstunde im Garten Fotos gemacht." Sie zog ihr Handy aus ihrer winzigen Handtasche. „Vielleicht ist er auf einem drauf. Ich meine, es waren viele ältere weiße Männer da, nicht, dass ich wirklich geschaut habe. Ich stehe mehr auf …" – sie schmunzelte – „gutaussehende junge, schwarze Männer."

Jay küsste sie auf die Lippen. „Ausgezeichnete Idee." Dann lächelte er sie an. „Du findest mich also gutaussehend."

Olivia entsperrte ihr Handy und navigierte zu ihrer Kamera-App. „Als ob du das nicht wüsstest. Aber wenn ich einen Vorschlag machen darf: Weg mit den Haaren. Jeglichen Haaren."

„Ich glaube, das lässt sich arrangieren."

Gemeinsam scrollten sie durch die Fotos, die sie im Garten des Hotels gemacht hatte. Jay brauchte nur eine Minute, um sie durchzugehen, bevor er den Kopf schüttelte. „Er ist auf keinem drauf. Das wäre ein Glücksfall gewesen, aber danke für den Versuch."

Obwohl er sie anlächelte, sah sie seine Enttäuschung. „Die Hochzeitsfeier ist noch nicht vorbei. Die meisten Gäste sind noch hier und tanzen und trinken. Die Band soll bis Mitternacht spielen. Ich könnte mehr Fotos machen."

Er starrte sie an und wirkte fassungslos. „Das würdest du tun? Für mich? Warum?"

„Musst du das wirklich fragen?" Sie strich mit ihren Fingerknöcheln über seine Wange. „Du hast heute meine Familie gerettet. Das Mindeste, was ich tun kann, ist, mit den Gästen ein paar Selfies zu machen." Dann zögerte sie. „Smith wird nicht misstrauisch werden oder hier heute Nacht versuchen, jemandem wehzutun, oder?"

Jay schüttelte sofort den Kopf. „Er hat keinen Grund dazu. Und er ist nicht leichtsinnig. Er würde sich nicht entblößen wollen. Außerdem macht auf einer Hochzeit jeder Fotos. Das ist nicht verdächtig." Er nahm ihre Hände in seine. „Aber du musst es nicht tun, wenn du dich dabei nicht wohlfühlst. Ich kann dich nicht begleiten."

„Das weiß ich. Warte einfach hier, während ich mich unter die Gäste mische. Meine Eltern fragen sich wahrscheinlich sowieso schon, wo ich bin. Es könnte ein paar Stunden dauern. Kommst du hier zurecht?"

Er nickte. „Hast du deinen Computer hier?"

Seine Frage ließ sie kurz erschaudern. „Ähm ..."

„Tut mir leid", sagte er schnell. „Glaub mir,

ich bin wirklich nicht hinter deinem Manuskript her."

„Tut mir leid, das ist nur Gewohnheit. Aber ich habe meinen Computer nicht mitgebracht. Er ist in meinem Safe zu Hause eingeschlossen. Wieso brauchst du ihn?"

„Ich dachte mir, wenn du Fotos mit deinem Handy machst, könnte ich mich in deine Cloud einloggen und die Bilder in Echtzeit ansehen und dich wissen lassen, wann du aufhören kannst."

„Oh, gute Idee." Dann wandte sie sich ihrer Reisetasche zu. „Dasselbe kannst du auf meinem Tablet machen. Es ist mit meinem Handy synchronisiert."

„Perfekt", sagte Jay und nahm das Tablet, das sie ihm reichte. „Passwort?"

Sie tippte die sechsstellige Nummer langsam ein, damit er sie sich einprägen konnte.

„Vielen Dank." Dann legte er das Tablet auf das Bett und zog sie in seine Arme. „Benimm dich einfach ganz normal bei der Party. Tanze mit ein paar Kerlen. Du musst so aussehen, als hättest du Spaß."

„Ich wünschte, ich könnte mit dir Spaß haben."

Jay schmunzelte. „Würde es helfen, zu wissen, dass wir darüber reden könnten, Spaß zu haben, wenn du ins Zimmer zurückkommst?"

„Nur reden?"

Er ließ seine Hand zu ihrem Hintern gleiten und zog sie näher an sich heran. „Das bleibt dir überlassen. Jetzt geh. Ich schicke dir eine SMS, wenn ich auf den Fotos etwas Besorgniserregendes sehe."

Sie stellte sich auf die Zehenspitzen und küsste ihn. „Okay. Bis bald."

Olivia verließ das Zimmer und eine Vielzahl von Gefühlen prallten in ihr aufeinander: Dankbarkeit, Schock, Erleichterung und ja, sogar Angst, denn sie konnte nicht fassen, dass der Mann, der hinter Jay her war, Gast bei der Hochzeitsfeier war. Aber sie versuchte, dieses Gefühl zu unterdrücken, denn Jay brauchte ihre Hilfe, und genau, wie er ein enormes Risiko eingegangen war, um ihre Schwester und ihre Eltern zu retten, konnte sie diese kleine Sache sicherlich für ihn erledigen. Wie schwer konnte es schon sein, ein paar Fotos auf einer Hochzeit zu machen?

Als Olivia den Ballsaal betrat und sich umsah, sah sie ihren Vater mit ihrer Mutter tanzen. Ihr kamen beinahe die Tränen, sie so glücklich und gesund zu sehen, und sie näherte sich ihnen. Ihre Mutter sah sie zuerst.

„Schatz, wo warst du? Alles in Ordnung?", fragte sie.

Olivia legte ihre Arme um ihre Eltern und lächelte. „Alles ist perfekt. Ich bin so froh, dass ihr hier seid. Ich wünschte, ihr müsstet nicht so schnell zurückfliegen."

Ihre Mutter gab ihr einen Kuss auf die Wange. „Wir auch."

„Wie wäre es mit einem Tanz mit deinem alten Vater, Olivia?", fragte ihr Vater und ließ ihre Mutter los.

„Du bist nicht alt, Dad. Und mit wem soll Mom dann tanzen?"

„Oh, mach dir keine Sorgen um mich", sagte sie lachend. „Ich sehe ein paar hübsche junge Männer, die anscheinend keine Tanzpartnerin haben."

Ihr Vater grinste und nahm Olivias Hand,

bevor er sie in seine Arme zog und zu tanzen begann. Es war schon lange her, seit sie zuletzt getanzt hatte, aber es war wie Fahrradfahren, und unter der fachmännischen Führung ihres Vaters war es ein Kinderspiel.

„Du siehst jetzt so viel glücklicher aus", bemerkte ihr Vater. „Ich habe mir vorhin ein bisschen Sorgen um dich gemacht." Manchmal war ihr Vater einfach ein wenig zu scharfsinnig.

„Mir geht es gut, Dad." Sie lächelte ihn an. „Nur ein paar Probleme wegen des Schreibens. Es schwirren ein paar Gerüchte bezüglich des Buches herum, um die ich mir Sorgen gemacht habe. Aber es ist jetzt alles in Ordnung."

„Gut. Und du solltest nicht ständig an die Arbeit denken. Du bist jung, du bist schön. Und ich sehe hier viele Männer, die dich ansehen. Amüsiere dich ein wenig."

„Ich amüsiere mich doch, Dad", protestierte sie.

Er gluckste, wirbelte sie dann ein letztes Mal herum und ließ sie direkt vor einem Mann, der um die dreißig war, los. „Junger Mann, können Sie mir bitte diese Frau abnehmen? Ich bin nicht mehr in der Lage zu tanzen."

„Natürlich, Sir!" Der Typ strahlte.

Olivia warf ihrem Vater einen genervten Blick zu. An seiner Ausdauer haperte es nicht. Er surfte immer noch fast täglich.

Er zwinkerte ihr zu, und Olivia blieb nichts anderes übrig, als zu tanzen und sich mit dem Mann angenehm zu unterhalten. Glücklicherweise kündigte die Band nach dem Ende des Liedes eine kurze Pause an und Olivia konnte ihren Tanzpartner abschütteln. Endlich konnte sie Fotos machen. Sie sah sich nach weißen Männern über Vierzig um, als sie ihre Schwester erblickte, die gerade mit Timothy sprach. Der Bräutigam sah nicht sehr glücklich drein und verschwand einen Moment später unter den Gästen.

Als Olivia den traurigen Gesichtsausdruck ihrer Schwester bemerkte, eilte sie zu ihr hinüber. „Grace?" Sie legte ihre Hand auf den Arm ihrer Schwester. „Stimmt etwas nicht? Ich habe gerade Timothy gesehen ..."

„Kein Grund zur Sorge, Schwesterchen", sagte Grace schnell. „Tim ist verärgert, weil seine Mutter bereits gegangen ist. Sie konnte nicht einmal den halben Abend bleiben."

Olivia seufzte. „Lass mich raten: Sie hat gesehen, wie glücklich ihr Ex-Mann mit seiner neuen Frau ist, und konnte es nicht ertragen, hier zu sein?"

„Wahrscheinlich. Vielleicht hätten wir einfach durchbrennen sollen, um allen das Familiendrama zu ersparen." Dann lächelte sie. „Mach dir keine Sorgen. Tim muss sich nur abreagieren. Er wird schon wieder."

Olivia legte die Arme um ihre Schwester und drückte sie. „Ich hab dich lieb, Schwesterchen."

„Ich dich auch. Jetzt los, vergnüge dich. Habe ich dich gerade mit einem von Tims College-Kumpels tanzen sehen?"

Olivia verdrehte die Augen. „Dad hat mich überfallen."

Grace kicherte. „Es hat funktioniert, als er das für mich getan hat. Sonst wäre ich Tim nie begegnet."

„Ich bin im Moment vollkommen glücklich", sagte Olivia, und meinte es auch. Schließlich wartete in ihrem Hotelzimmer ein gutaussehender Adonis auf sie. „Ich sollte ein paar Fotos mit allen hier machen, damit ich etwas habe, um mich an diesen Tag zu erinnern."

Genau in diesem Moment kehrte Timothy zurück und legte den Arm um seine Braut. „Entschuldigung, Schatz." Er küsste sie und sah dann Olivia an. „Hey, Schwägerin! Du schuldest mir einen Tanz."

„Die Band macht gerade Pause", sagte Olivia.

Timothy grinste. „Nicht mehr lange. Also geh nirgendwohin."

„Ich verspreche es, aber ich mache in der Zwischenzeit Fotos."

Sie zückte ihr Handy und ging an die Arbeit.

19

Jay kontaktierte Yankee und gab ihm ein kurzes Update über seine Suche nach Smith und darüber, wie Olivia ihm half, damit sich die Jungs in der Villa keine Sorgen machen würden, wenn sie einige Stunden lang nichts von ihm hörten. Es war kurz vor Mitternacht, als Jay ein Geräusch an der Tür hörte. Jemand benutzte eine Schlüsselkarte, um die Tür zu entsperren. Er sprang vom Bett auf, wo er sich hingelegt hatte, während er die Fotos durchgesehen hatte, die Olivia in den letzten Stunden in der Cloud gespeichert hatte. Schweigend drückte er sich gegen eine Wand, von wo aus er von der

Person, die die Tür öffnete, nicht gesehen werden konnte.

Die Tür öffnete sich und fiel wenige Sekunden später wieder zu, als die eintretende Person in sein Sichtfeld kam.

„Jay?"

Jay atmete tief durch und bewegte sich.

Olivia schnappte nach Luft und drückte die Hand auf ihre Brust. „Du hast mich erschreckt."

„Tut mir leid", sagte er. „Alte Gewohnheiten sind schwer abzulegen."

„Hast du alle Fotos bekommen?"

Er nickte.

„Und? Ist Smith drauf?"

„Leider nicht. Bist du sicher, dass du ein Foto von jedem Mann gemacht hast, der auf die Beschreibung passt?"

„Von jedem, der noch da war. Also war alles umsonst?" Sie ließ sich aufs Bett fallen und zog ihre Schuhe aus. „Meine Füße bringen mich um."

Jay ging in die Hocke. „Es tut mir leid, dass es eine Pleite war." Er nahm einen ihrer Füße in seine Hand und begann ihn zu massieren. „Ich bin dankbar für das, was du für mich getan hast.“

„Oh, das fühlt sich gut an“, murmelte sie.

„Entspann dich jetzt einfach. Du verdienst es.“

Sie senkte ihren Kopf zu ihm. „Weißt du, was mich wirklich entspannen würde?“

„Was?“

Sie küsste ihn unter seinem Ohr und flüsterte dann: „Wenn du mit mir schläfst.“

Jay atmete tief durch. Er wollte nichts mehr, als Olivia in seinen Armen zu spüren, seinen Schwanz tief in ihr zu vergraben, aber sein Gewissen erlaubte ihm nicht, auf sein Verlangen einzugehen, denn es gab noch etwas, das er ihr noch nicht gestanden hatte.

Er stand auf und zog sich einen Stuhl heran. Als er sich hinsetzte, warf Olivia ihm einen seltsamen Blick zu. „Stimmt etwas nicht? Du willst keinen Sex mit mir?“

„Nichts will ich mehr, als mit dir zu schlafen, aber ich kann nicht, weil ich dir noch etwas gestehen muss. Und es wird dir nicht gefallen.“

Ihr Atem stockte. „Was wird mir nicht gefallen?“

„In der Nacht, in der wir zum ersten Mal Sex hatten, bin ich mitten in der Nacht aufgestanden und habe Wanzen in deinem Haus installiert, Kameras und Mikrofone."

Olivia schnappte nach Luft und sprang auf. „Um Himmels willen! Wie konntest du nur? Du hast mich gefilmt?"

Jay erhob sich. „Es tut mir leid. Ich hatte keine Wahl. Ich muss Smith filmen, wenn er bei dir zu Hause auftaucht, weil er das tun wird. Meine Vorahnungen sind nie verkehrt."

„Du hast also meine Privatsphäre verletzt? Du hast alles aufgezeichnet, was ich getan habe?"

„Ich habe keine Kameras im Schlafzimmer oder im Badezimmer installiert. Aber ja, ich habe deine Privatsphäre verletzt. Und du hast absolut das Recht, verärgert zu sein."

„Verärgert? Du denkst, ich bin verärgert? Ich bin wütend! Warum hast du mir das nicht früher erzählt, als du mir alles andere erzählt hast? Warum hast du mir das verschwiegen?"

Er senkte seinen Blick zu Boden. „Weil ich dir trotz allem, was du mir heute Abend gesagt hast, als du mir versichert hast, dass du Smith nicht kennst, nicht hundertprozentig trauen konnte, dass das die Wahrheit war."

„Aber ich habe dir die Wahrheit gesagt!"

„Ich vertraue niemandem leicht. Smith hat mich schon einmal gefangen genommen und mir schreckliche Dinge angetan. Ich konnte dir nichts über die Wanzen in deinem Haus sagen. Denn wenn du heute Abend mit Smith hierher ins Hotelzimmer zurückgekommen wärst –"

Olivia schnappte nach Luft. „Du dachtest ich würde dich verraten?"

„Nein, aber es bestand eine Möglichkeit, dass du ihn ungewollt zu mir führen könntest. Und wenn es Smith gelungen wäre, mich zu töten, dann wären zumindest die Wanzen nicht kompromittiert worden, und meine Freunde hätten immer noch die Chance, Smith aufzunehmen, wenn er in deinem Cottage auftaucht."

Olivia schnappte nach Luft. „Warum hast du dann meine Familie gerettet? Warum hast du riskiert, hier auf mich zu warten, wenn du dachtest, ich könnte mit diesem Mörder zurückkommen?"

Jay sah ihr in die Augen. „Weil ich in dich verliebt bin, Olivia."

Er bemerkte Olivias Überraschung, ihre Lippen teilten sich, aber er gab ihr keine Gelegenheit, etwas zu sagen. Er musste sich das alles von der Seele reden.

„Ich hatte nie eine Wahl, wenn es darum ging deine Familie zu retten oder nicht. Ich konnte den Gedanken, dass du alle, die du liebst, verlierst, nicht ertragen. Und später, als du mir angeboten hast, mir bei der Identifizierung von Smith zu helfen, musste ich hierbleiben, um sicherzustellen, dass du in Ordnung warst, für den Fall, dass Smith noch bei der Party war und misstrauisch wurde, als du Fotos machtest. Du weißt nicht, wozu Smith fähig ist. Er ist ein böser Mann. Die Dinge, die er tut, die Dinge, die er plant ..."

Jay schüttelte den Kopf. Er wollte nicht daran zurückdenken, wie er sich gefühlt hatte, als Smith ihn in die Maschine gesteckt hatte, um sein Gehirn zu scannen. Aber er musste Olivia erklären, warum er getan hatte, was er getan hatte.

„Ich muss Smith finden, koste es, was es

wolle. Auch wenn das bedeutet, dass du mich hasst und ich dich nie wieder berühren darf. Aber er muss aufgehalten werden, oder er wird anderen das antun, was er mir angetan hat."

„Du hast gesagt, er ist ein Mörder. Warum hat er dich dann nicht getötet, als er dich gefangen genommen hat?"

„Tot nütze ich ihm nichts. Er braucht, was hier drinnen ist." Er klopfte an seine Schläfe.

„Geheime Informationen?"

Jay schüttelte den Kopf. „Er hat eine Maschine gebaut, um den Teil meines Gehirns zu erfassen, der für meine Vorahnungen verantwortlich ist. Er hat es bereits mit einem der anderen Agenten gemacht und möglicherweise mit noch weiteren. Er versucht, einen Quantencomputer zu bauen, der in der Lage ist, hundertprozentig genaue Vorhersagen zukünftiger Ereignisse auszuspucken, und er braucht, was in meinem Gehirn und dem der anderen Agenten ist, die die gleiche Gabe haben wie ich."

„Du meinst, es gibt andere CIA-Agenten, die ähnliche Vorahnungen haben wie du?"

Er nickte. „Ja, wir waren alle im selben Programm. Und Smith jagt uns."

„Und Smith hat es geschafft, alles, was er brauchte, aus deinem Gehirn zu extrahieren?"

„Nein. Meine Freunde haben mich rechtzeitig gerettet. Wenn er Erfolg gehabt hätte, wäre ich nicht mehr hier. Der Prozess verwandelt das Gehirn zu Brei. Niemand kann das überleben."

Tränen stiegen plötzlich in Olivias Augen. „Oh Gott." Sie machte einen Schritt auf ihn zu. „Jay, ich kann mir nicht vorstellen, was du durchgemacht hast." Sie schüttelte den Kopf und legte eine Hand auf seinen Arm. „Und ich mache mir Sorgen, dass du mein Manuskript stehlen könntest und mich in meinem Haus filmst? Du musst mich für dumm und egozentrisch halten, wo du wirklich echte Probleme hast."

„Es tut mir so leid, Olivia. Bitte verzeih mir."

„Jay? Hast du ernst gemeint, was du vorhin gesagt hast, als du gesagt hast, dass ..." Sie zögerte.

„Ich habe alles, was ich gesagt habe, ernst

gemeint." Obwohl er sich nicht sicher war, was genau sie meinte.

„Du hast gesagt, du bist in mich verliebt. Ist das wahr?" Sie sah ihm in die Augen.

Instinktiv griff er nach ihr und legte seinen Arm um ihre Taille. „Ja, es ist wahr, auch wenn ich kein Recht habe, dich zu bitten, eine Beziehung mit mir einzugehen ..."

„Warum nicht?"

„Ich bin auf der Flucht, Olivia. Und du hast eine Karriere, eine Familie, viel zu viel, was du nicht aufgeben kannst. Wie könnte ich das von dir verlangen?" Er lächelte sie trotz des Schmerzes in seinem Herzen an.

Er konnte sie nicht bitten, ihr bestehendes Leben aufzugeben, um mit ihm unterzutauchen, egal wie sehr er es wollte. Aber er konnte auch seine Vorahnung nicht ignorieren, dass Smith in Olivias Cottage auftauchte. Was würde passieren, wenn Smith in ihrem Haus auftauchte? Er hatte nur einen Ausschnitt des Ereignisses gesehen. Er hatte keine Ahnung, ob er ihr wehtun würde, oder ob es eine Möglichkeit gab, zu verhindern, dass Smith überhaupt jemals in Olivias Haus auftauchte.

Wenn es eine Möglichkeit gab, diese Vorahnung daran zu hindern, wahr zu werden, konnte er das im Moment nicht sehen. Er musste seinen Kopf frei bekommen.

Olivia schien instinktiv zu verstehen, dass er für diese Diskussion noch nicht bereit war. „Lass uns morgen darüber reden. Ich gebe morgens immer mein Bestes beim Plotten." Sie drückte sich an ihn. „Wie wäre es, wenn du die Verkleidung abnimmst?"

„Also magst du die Haare wirklich nicht, hmm?"

„Der Bart kratzt, wenn du mich küsst."

Er lachte leise. „Also werden wir uns küssen?"

„Unter anderem ..."

„Und das wäre?"

„Warum ziehst du dich nicht aus, damit ich es dir zeigen kann?"

20

Minuten später hatte sich Jay nicht nur von Bart und Perücke, sondern auch von seiner Kleidung befreit. Olivia war auch nackt, und er konnte nicht genug davon bekommen, ihren perfekten Körper und ihre cremige Haut anzusehen. Er machte einen Schritt auf sie zu, um sie in seine Arme zu ziehen, aber Olivia fiel vor ihm auf die Knie.

„Ach fuck!", fluchte er, als ihm klar wurde, was sie vorhatte. „Ich habe dich seit zwei Tagen nicht berührt und du willst mit einem Blowjob anfangen? Weißt du, was das mit mir anstellen wird?"

Sie hob ihre Lider und warf ihm ein sündiges Lächeln zu. „Oh, das hoffe ich sehr. Jetzt sei brav und setz dich auf die Bettkante, damit ich dir einen blasen kann."

Er folgte ihrem Befehl, setzte sich und spreizte seine Schenkel. Sein Schwanz hing hart und schwer zwischen seinen Beinen und wartete auf ihre Berührung, während er abgehakt atmete. Er war noch nie so erregt gewesen, nur weil er eine nackte Frau ansah, aber zu wissen, dass die süße, nachsichtige Olivia trotz allem, was er getan hatte, unbedingt seinen Schwanz in den Mund nehmen wollte, brachte seinen Puls zum Rasen.

Olivia legte eine Hand um die Wurzel seines Schwanzes und sandte eine Schockwelle durch seinen Körper. Ein Keuchen entkam ihm, aber bevor er wieder zu Atem kommen konnte, legten sich ihre Lippen bereits um die Spitze seiner Erektion und ihre Zunge leckte darüber.

„Fuck, Baby", stieß Jay hervor und legte seine Hände auf ihre Schultern.

Langsam nahm Olivia ihn tief in ihren Mund, bis er nicht mehr tiefer eintauchen konnte. Ihre Wärme und Nässe raubten ihm die Fähigkeit zu denken. Jeder vernünftige Gedanke, den er jemals in seinem Leben gehabt hatte, löste sich in Nichts auf. Nur das Hier und Jetzt zählte, nur dieser Moment der reinen und vollkommenen Glückseligkeit. Als gäbe es nur sie beide.

Wie eine geschickte Verführerin glitt Olivia immer wieder auf seinem Schwanz nach unten, ihr Speichel befeuchtete ihn und ihre Hand um die Wurzel fügte genau den richtigen Druck hinzu, um ihn daran zu hindern, sofort zu kommen. Wo hatte sie gelernt, ihn mit solch fachmännischem Geschick zu lecken? Fast so, als hätte sie Unterricht genommen, um ihn dazu zu verführen, alles zu tun, was sie von ihm wollte. Denn so, wie sie ihn jetzt lutschte, wie sie ihn beglückte, wusste er, dass er ihr niemals etwas verweigern konnte. Er blickte auf ihren Körper hinab und sah den Schweiß, der sich auf ihrer Haut bildete, und die liebliche Röte, die sich über ihren ganzen Körper ausbreitete. Der Kontrast ihrer blassen Haut zu seiner viel dunkleren war extrem, aber perfekt. Wie füreinander geschaffen, das Yin und das Yang.

Plötzlich saugte Olivia ihn härter und schneller, und er wusste, dass er ihr nicht erlauben konnte, weiterzumachen, oder er würde in ihren Mund kommen, und obwohl er hoffte, diese erotische Fantasie irgendwann mit ihr zu befriedigen, wollte er im Augenblick nichts mehr, als zu spüren, wie ihre Muschi seinen Schwanz wiegte.

„Genug!", forderte er und zog sich aus Olivias Mund.

Sie sah zu ihm auf, ihr Gesichtsausdruck fast unschuldig, doch ihre Lippen schimpften diese Unschuld Lügen. Sie waren rot und prall und er hatte noch nie etwas Erotischeres gesehen. Er zog sie hoch und nahm ihre Lippen, küsste sie hart, bis sie beide atemlos waren. Währenddessen griff er nach ihren Hüften und zog sie auf seinen Schoß, sodass sie rittlings auf ihm saß und sein Schwanz gegen ihre Muschi glitt. Er änderte seinen Winkel, bis sie nach Luft schnappte. Er hatte die richtige Stelle gefunden und rieb nun seinen Schwanz über ihre Klitoris.

Er ließ ihre Lippen los und Olivia ließ ihren Kopf in den Nacken fallen und presste ihre Klitoris fester gegen seinen Schwanz, während sie ihm ihre Brüste anbot. Er hielt sie mit beiden Armen um ihre Taille geschlungen fest, damit sie nicht von seinem Schoß rutschen konnte, und ließ sie seinen Schwanz reiten, ohne in sie einzudringen, während er anfing, ihren Busen zu küssen.

„Fuck, ich liebe deine Titten", murmelte er, als er einen Nippel zwischen seine Lippen saugte.

Olivia stöhnte. „Ich bin so nahe dran. So nah."

Er brachte seine Hände zu ihren Hüften und half ihr, ihn schneller zu reiten, während er ihr immer noch erlaubte, ihren eigenen Rhythmus zu setzen.

„Du bist so schön", flüsterte er. „Ich werde dich die ganze Nacht ficken, Baby, hörst du mich? Die ganze Nacht."

„Sag mir mehr."

Mochte Olivia Dirty Talk? Wenn sie das brauchte, hatte er kein Problem damit, es ihr zu geben.

„Ich werde meinen Schwanz in deiner süßen Muschi versenken, tief und hart. Ich werde dich so lange nehmen, bis du nicht mehr atmen kannst. Willst du das? Dass ich dich wie ein

Wilder nehme?" So, wie er es getan hatte, als er sie im Eingang ihres Hauses gefickt hatte.

„Ja! Ja!" Ein Schauder durchfuhr ihren Körper und er wusste, dass sie ihren Höhepunkt erreichte.

Er verschwendete keine Sekunde, hob sie gerade weit genug hoch, um seinen Schwanz an den Eingang ihres Körpers zu bringen und sie damit aufzuspießen. Ihre Muschi zuckte immer noch und ihre Muskeln verkrampften sich um seinen Schwanz, während er in ihr blieb, sich aber nicht bewegte. Erst als ihr Orgasmus abklang, begann er, sich in einem langsamen und stetigen Rhythmus in ihr zu bewegen.

„So gut", murmelte sie.

Ja, es war gut. Noch besser als die vorherigen Male. Da wurde ihm plötzlich klar, warum.

„Verdammt! Olivia, ich habe das Kondom vergessen."

Er hob sie hoch, um sich aus ihr herauszuziehen, aber sie hielt ihn zurück. „Ich nehme die Pille. Bitte hör jetzt nicht auf. Ich mag es, dich so zu fühlen. Ohne Barriere."

„Bist du dir sicher? Ich kann aufhören,

wenn ...“ Wem wollte er das weismachen? Er konnte nicht aufhören. Er wollte das, wollte so in ihr sein, wollte sie mit seinem Sperma füllen, als ob sie ihm gehörte.

Olivia diktierte jetzt das Tempo, mit dem sie sich auf ihm auf und ab bewegte, indem sie ihre Knie als Hebel benutzte. Ihre Brüste hüpften direkt vor seinem Gesicht auf und ab, und er fing eine davon ein und saugte die Brustwarze in seinen Mund. Gleichzeitig brachte er eine Hand zwischen ihre Körper und fand ihre Klitoris. Er ließ die Brustwarze aus seinem Mund schlüpfen.

„So?“

„Du musst tiefer gehen“, sagte sie stöhnend.

Das konnte er in seiner jetzigen Position nicht. Er ließ sich zurück auf die Matratze fallen und rollte sich dann, sodass Olivia jetzt unter ihm lag, ihre Beine weit gespreizt. Sein Schwanz drang jetzt tiefer als zuvor in sie.

„Willst du es so?“

„Ja! Fick mich mit deinem schönen großen Schwanz.“

Er ritt sie, zog eines ihrer Beine hoch und legte es über seine Schulter, spreizte sie weiter, während er langsam zustieß und genoss, dass ihre inneren Muskeln ihn wie eine feste Faust umklammerten.

„Spiel mit deinem Kitzler", befahl er, weil er keine freie Hand hatte, um es selbst zu tun. Außerdem war es ein erotischer Anblick, den er genoss, eine Frau dabei zu beobachten, wie sie sich selbst befriedigte.

Als Olivia seinem Befehl nachkam, lobte er sie: „Braves Mädchen."

Sie sah ihn an, ihre Augen voller Liebe und Verlangen, und er wusste, dass er, selbst wenn er morgen oder übermorgen sterben sollte, als glücklicher Mann sterben würde, denn in ihren Augen sah er seine eigene Liebe widerspiegeln. Das Wissen, dass sie ihn wollte und ihm vertraute wie niemandem zuvor, brachte ihn über den Rand. Er konnte seinen Orgasmus nicht zurückhalten, sein Schwanz zuckte bereits in ihr und setzte seinen Samen frei.

„Ja, Jay", murmelte sie und drückte ihren Rücken durch und erreichte ein paar Sekunden nach ihm ihren Höhepunkt.

Sein Herz klopfte, Glückseligkeit überflutete ihn, und am Horizont sah er etwas, das wie

Hoffnung aussah. Vielleicht war das, was zwischen ihnen war, doch stark genug, um die Probleme, die vor ihnen lagen, zu überwinden.

Als sein Orgasmus nachließ und Olivia sich unter ihm beruhigte, brachte er seine Lippen zu ihren. „Ich habe mich in meinem ganzen Leben noch nie so gut gefühlt." Er küsste sie sanft. Das Bedürfnis nach Zärtlichkeit stieg jetzt in ihm auf. „Danke, dass du mir vergeben hast."

Sie legte ihre Hand auf seinen Nacken und streichelte ihn. „Ich kann dir nicht böse sein wegen etwas, das du getan hast, um zu überleben. Und wenn du so mit mir Liebe machst, ist es noch schwerer, einen Groll zu hegen."

„Das werde ich mir merken." Er grinste. „Du raubst mir also gerne meine Selbstbeherrschung, hmm? So wie in der Nacht, als ich dich im Eingang deines Hauses genommen habe?"

„Ja, du hast mich so ..." Plötzlich keuchte sie und schreckte auf, und er hob den Kopf, um ihr Platz zu machen. „Oh nein, die Diele! Du hast gesagt, du hättest dort eine Kamera aufgestellt.

Bedeutet das, dass es da irgendwo ein Sextape von uns gibt?"

„Nein, gibt es nicht. Ich habe es gelöscht."

„Wirklich?"

„Ja, bevor die anderen Agenten es sehen konnten. Vertrau mir, ich will kein Sextape von dir, das andere Männer sehen können. Ich möchte nicht, dass jemand außer mir dich so sieht."

Ein Lächeln formte sich auf ihren Lippen. „Und ich möchte auch nicht, dass andere Frauen dich so sehen." Sie legte eine Hand auf seinen Hintern und drückte ihn an sich, wodurch sein Schwanz wieder tiefer in sie glitt. „Ich teile nicht gerne."

„Ich auch nicht."

21

Olivia kuschelte sich enger an den warmen Körper, der sich von hinten an sie schmiegte, und spürte, wie etwas Hartes gegen ihren Hintern glitt. Sie erkannte, was es war: Jays Schwanz. Er war wieder hart, trotz der Tatsache, dass sie sich zweimal geliebt hatten, bevor sie beide eingeschlafen waren.

Sie bewegte sich in seinen Armen, bis sein Schwanz zwischen ihre Schenkel glitt.

„Du bist unersättlich", flüsterte Jay ihr ins Ohr.

„Du bist wach."

„Mmmhmm."

Er packte ihren Oberschenkel und hob ihn an, dann stieß er seinen Schwanz langsam in ihre Muschi. Sie begrüßte die Invasion und griff nach Jays Hand und zog sie an ihre Brüste. Sie liebte die Art und Weise, wie er sie so schnell erregen konnte. Er begann, sanft in sie hineinzustoßen und sich wieder aus ihr herauszuziehen, während er ihre Brüste genauso zärtlich streichelte. Letzte Nacht hatte er sie viel dringender genommen, aber heute Morgen war jede Berührung und jeder Stoß von Zärtlichkeit durchdrungen.

„Ich liebe es, wie du mich berührst", flüsterte sie.

„Weil ich es liebe, dich zu berühren." Er fuhr fort, in sie zu stoßen, erhöhte aber sein Tempo nicht, um das Vergnügen hinauszuzögern. „Jedes Mal, wenn du im Unterricht warst und ich kam, um deine Yoga-Posen anzupassen, wollte ich dich in meine Arme nehmen ..." Er stöhnte leise. „Es war reine Folter."

„Wir müssen jetzt eben die verlorene Zeit aufholen", schlug Olivia vor.

Jay strich ihr Haar zur Seite und küsste ihre Schultern und ihren Nacken. „Da bin ich dafür."

Er zog sich fast vollständig aus ihr heraus, bevor er in einer durchgehenden Bewegung wieder in sie eindrang und sein Schwanz ihren engen Kanal füllte.

„Mach das noch einmal", murmelte sie.

„Das?", fragte er und zog sich heraus, bis nur noch der knollige Kopf in ihr war.

„Ja, das." Als er wieder in sie eintauchte, holte sie tief Luft und spürte, wie ihre Klitoris pochte. Es fühlte sich an, als würde sein Schwanz jede Zelle ihres Körpers berühren und sie in Brand setzen.

Sie war sich plötzlich bewusst, dass Jay ihre Brustwarze kniff und keuchte bei der erotischen Empfindung, die eine elektrische Ladung in ihre Klitoris schickte.

„Bist du morgens immer so geil?", fragte er, sein heißer Atem an ihrem Hals.

„Schau mal, wer da spricht", erwiderte sie atemlos.

Er lachte leise und streichelte mit seiner Hand ihren Oberkörper. Als er durch das Haardreieck zwischen ihren Beinen kämmte, atmete Olivia ein und ihr Puls trommelte schneller. Jay strich über ihre Klitoris. Ihr Orgasmus traf sie aus dem Nichts und ihre Muschi schloss sich um seinen Schwanz. Das war ihr noch nie passiert, nicht so. Sie brauchte immer mehr Stimulation.

„Genau wie ich mir dachte", murmelte Jay ihr ins Ohr, bevor er schneller in sie hineinstieß und sich wieder herauszog. „Du bist so heiß, Baby, du solltest rund um die Uhr gefickt werden."

Sekunden später spürte sie, wie sich sein Schwanz verkrampfte, und eine entsprechende Nässe sich ihn ihr ausbreitete.

„Fuck!"

Olivia kicherte. Anscheinend war sie nicht die Einzige, die an diesem Morgen scharf auf Sex war.

„Du kleines Luder." Er küsste ihre Schulter. „Lass uns duschen und anziehen, bevor du mich wieder für deine Zwecke benutzt."

„Wäre das so schlimm?" Sie drehte sich um, um ihn anzusehen.

„Führe mich nicht in Versuchung."

Jay sprang aus dem Bett und Olivia folgte ihm. Gemeinsam duschten sie und zogen sich an. Als Olivia ihr nasses Haar kämmte, hatte sie eine Idee.

„Jay?"

Er erschien in der Badezimmertür, den falschen Bart und die Perücke in seinen Händen. „Ja?"

„Ich habe über Smith nachgedacht. Da du ihn beim Empfang gesehen hast, als du Dirk überwältigt hast, bedeutet das, dass er auch schon früher während der Cocktailstunde dagewesen sein muss."

„Worauf willst du hinaus?"

„Er wäre hier gewesen, als der Fotograf die Gruppenfotos gemacht hat. Wir sollten uns diese Fotos ansehen."

„Hast du sie schon?"

„Nein, aber ich kann mit dem Fotografen sprechen und ihn bitten, sie mir zu schicken. Ich hatte mit ihm zu tun, als ich Grace geholfen habe, alles für die Hochzeit zu organisieren. Er kennt mich und ich bin mir sicher, dass es kein Problem sein wird, mir die Korrekturabzüge zu schicken, bevor er mit dem Retuschieren fertig ist."

Jay drückte ihr einen Kuss auf die Lippen. „Das ist eine geniale Idee."

„Siehst du? Ich habe dir doch gesagt, dass ich morgens die besten Ideen habe."

Er grinste. „Oh, ich habe deine Ideen heute Morgen schon am eigenen Leib erfahren." Er legte seinen Arm um sie und zog sie zu sich.

„Du hast ein –"

Ein Klopfen an der Tür unterbrach sie. Sie wechselten einen Blick.

„Zimmermädchen?", flüsterte Jay über das Geräusch des Abluftventilators des Badezimmers hinweg.

„Wahrscheinlich."

„Sag ihr, sie soll später wiederkommen", sagte er, und Olivia verließ das Badezimmer und zog die Tür hinter sich zu.

Sie öffnete die Zimmertür, bereit, das Zimmermädchen abzuwimmeln, als ihr klar wurde, dass nicht das Zimmermädchen geklopft hatte, sondern ihre Eltern. Mist!

„Ah, Mom, Dad, was –"

„Hast du verschlafen?", fragte ihr Vater, während sich ihre Mutter bereits an ihr vorbei ins Zimmer drängte. Auch ihr Vater betrat das Zimmer und Olivia ließ die Tür zufallen.

„Du hast noch nicht einmal gepackt, Olivia", wies ihre Mutter sie sanft zurecht. „Die Reservierung ist für 12 Uhr mittags. Wir müssen uns beeilen."

Da erinnerte sie sich wieder. Sie hatte ihren Eltern versprochen, mit ihnen im *Fiola Mare* im Stadtteil Foggy Bottom in D.C. zu Mittag zu essen. Es war eines ihrer Lieblingsrestaurants gewesen, als sie alle in Virginia gelebt hatten.

„Oh, ja, äh, ich glaube, ich habe letzte Nacht ein bisschen zu viel getrunken. Wie wäre es, wenn ich meine Sachen packe und euch dann unten in der Lobby treffe?"

Ihre Mutter machte eine wegwerfende Handbewegung. „Es geht schneller, wenn ich dir helfe."

„Mom, das ist nicht nötig."

Doch sie ließ sich nicht davon abbringen und hob bereits Olivias lederne Reisetasche auf das Bett.

Olivia warf ihrem Vater einen flehenden Blick zu. „Dad, kannst du nicht einfach ..."

Aber ihr Vater zuckte mit den Schultern. „Ich

versuche, mich nicht einzumischen, wenn deine Mutter sich etwas in den Kopf gesetzt hat." Dann drehte er sich zur Badezimmertür und fügte hinzu: „Ich benutze schnell dein Bad."

Bevor sie ihn aufhalten konnte, öffnete er bereits die Tür. Er erstarrte und blickte dann zu Olivia zurück. „Warum hast du nicht gesagt, dass du Gesellschaft hast?"

„Gesellschaft?", fragte ihre Mutter und näherte sich.

Jay, gekleidet in eine schwarze Hose und ein weißes Hemd, getarnt mit seinem falschen Bart und seiner Perücke, trat aus dem Badezimmer. „Äh, guten Morgen. Das Waschbecken ist repariert, Ma'am, Sir."

Aber das kaufte ihm niemand ab. Ihre Mutter warf ihm einen neugierigen Blick zu und ihr Vater grinste.

„Schatz, wenn du mir gesagt hättest, auf welchen Typ du stehst", sagte ihr Vater mit einem Grinsen, „hätte ich deine Zeit nicht verschwendet, dich gestern Abend mit all diesen Kerlen zum Tanzen zu bringen."

„Sam, hör auf", sagte ihre Mutter schnell. „Kannst du nicht sehen, dass du sie in

Verlegenheit bringst?" Dann streckte sie Jay ihre Hand entgegen. „Ich bin Alice Morikawa. Und Sie?"

Jay nahm ihre Hand und schüttelte sie. „Jay, Jay, äh, Zurich."

Olivia bemerkte das leichte Zögern, als er seinen Nachnamen sagte, und vermutete, dass der Nachname, den er im Yogastudio benutzt hatte und den er jetzt ihrer Mutter gab, so falsch war wie sein Bart. Das überraschte sie nicht.

Als Jay ihrer Mutter und dann ihrem Vater die Hand schüttelte, wandte sich Olivia an ihre Eltern: „Warum treffen wir uns nicht in einer halben Stunde unten in der Lobby? Und dann können wir drei zum Mittagessen fahren."

„Vielleicht möchte Jay mit uns essen gehen", schlug ihr Vater vor.

„Das ist sehr nett", sagte Jay schnell, „aber ich habe einen Termin in der Innenstadt. Ich nehme mir lieber ein Taxi."

„Wir können Sie in D.C. absetzen. Wir fahren sowieso dorthin", schlug ihr Vater vor. „Sollen wir uns in zwanzig Minuten in der Lobby treffen?"

Olivia wechselte einen Blick mit Jay. „Klar, wir sehen uns unten."

In dem Moment, als sich die Tür hinter ihren Eltern schloss, stieß Olivia einen Seufzer aus. „Verdammt, ich habe total vergessen, dass ich mit ihnen zu Mittag essen soll. Sie fliegen heute Nacht zurück nach Hawaii. Es ist die einzige Gelegenheit, Zeit mit ihnen zu verbringen."

Jay warf ihr ein Lächeln zu. „Geh mit ihnen essen. Ich lasse mich an einer der U-Bahn-Stationen in D.C. absetzen, und wenn du mit dem Mittagessen fertig bist, gehen wir die Gruppenfotos durch. Kannst du den Fotografen jetzt kontaktieren, damit er dir die Fotos per E-Mail zuschickt und du sie hast, sobald du mit dem Mittagessen fertig bist?"

„Ja, das kann ich machen. Ich hoffe, ich kann ihn erreichen. Ich schicke dir eine SMS, wenn das Mittagessen vorbei ist und ich die Fotos habe."

„Du hast meine Nummer nicht."

„Habe ich doch. Du hast sie mir neulich gegeben."

„Diese Nummer funktioniert nicht mehr." Er

zog sein Handy aus seiner Tasche. „Ich schicke dir meine neue Nummer per SMS."

Als ihr Telefon pingte, legte Jay seine Finger unter Olivias Kinn, damit sie ihn ansah. „Und Olivia, erzähl deinen Eltern nichts von mir. Ich weiß, dass sie fragen werden, aber sag ihnen nicht, dass du mich aus dem Yogastudio kennst. Sag einfach, dass ich ein Hotelgast bin. Nur ein One-Night-Stand. Es ist sicherer für sie."

Olivia nickte. „Du hast Glück, dass meine Eltern modern sind und One-Night-Stands nicht verurteilen."

„Ich bezweifle, dass sie dich aufhalten könnten, selbst wenn sie es missbilligen würden." Jay lächelte und drückte ihr einen Kuss auf die Lippen.

22

Es war kurz vor fünfzehn Uhr, als Jay sich mit Olivia in einem Café unweit des Weißen Hauses traf. Es war voll mit Touristen. Er hatte in einem Souvenirshop eine Baseballmütze, eine Sonnenbrille und ein T-Shirt mit einem Motiv von Washington D.C. gekauft und mischte sich nun unter die Touristen, die die Landeshauptstadt besuchten. Sogar Olivia ging zuerst an ihm vorbei, als sie das Café betrat und ihn suchte.

Als sie ihn endlich sah, lächelte sie, setzte sich an den winzigen Bistrotisch und stellte ihre

Reisetasche darunter. Jay beugte sich vor und küsste sie kurz auf die Lippen. „Wie war das Mittagessen mit deinen Eltern?"

„Es war wundervoll." Sie kicherte. „Und du hattest recht; sie wollten mehr über dich erfahren. Aber ich blieb bei der Geschichte."

„Gut." Dann schob er ihr eine der vor ihm stehenden Kaffeetassen zu. „Du musst ihn nicht trinken. Du solltest nur ein Getränk vor dir stehen haben." Er wollte nicht, dass sie in irgendeiner Weise hervorstachen. „Hat sich der Fotograf bei dir gemeldet?"

„Ja, er hat mir die Fotos geschickt." Sie beugte sich hinunter, zog ihr Tablet aus ihrer Reisetasche und entsperrte es.

Jay rückte seinen Stuhl näher an sie heran und legte seinen Arm um sie. Er blickte sich verstohlen um, aber keiner der Touristen interessierte sich für sie. Er sah auf den Bildschirm, als Olivia auf eine E-Mail tippte und die Anhänge öffnete.

„Hier sind sie", sagte sie.

Auf der Treppe, die von der Rückseite des Hotels in den großen Garten führte, standen die

Hochzeitsgäste aufgereiht in einer Gruppe zusammen. Das Brautpaar stand vorne, flankiert von den Brautjungfern. Die anderen Gäste standen hinter ihnen auf höheren Stufen, damit die Kamera ihre Gesichter einfangen konnte. Jay betrachtete jeden Mann auf dem ersten Foto und ging dann zum nächsten über.

„Irgendetwas?", fragte Olivia nach den ersten drei Fotos.

Er schüttelte den Kopf und betrachtete weiter die Bilder. Es gab noch mehrere, einige davon informeller, einige wahrscheinlich vom Fotografen aufgenommen, um die Beleuchtung zu überprüfen und die richtige Einstellung zu machen. In diesen Aufnahmen bewegten sich die Gäste, viele von ihnen schauten nicht in die Kamera, sondern unterhielten sich mit ihren Nachbarn.

„Da", sagte er und zeigte auf einen der Gäste. Der abgebildete Mann hatte sich von den anderen Gästen abgewandt. Die Kamera hatte nur seinen Rücken erfasst. „Er mied die Kamera. Er wollte nicht auf den Fotos sein. Er ist vorsichtig." Er sah Olivia an und schenkte ihr ein bedauerndes Lächeln. „Das war eine Sackgasse.“

Olivia seufzte und schaltete das Tablet aus. „Ich wünschte, ich hätte dir helfen können.“

„Das hast du auch.“ Er küsste sie auf die Wange. „Ich werde mir etwas anderes einfallen lassen.“

Olivia nippte an dem Kaffee, stellte dann die Tasse ab und starrte ihn mit einem aufgeregten Funkeln in den Augen an. „Vielleicht habe ich eine andere Idee.“

„Ihn zu identifizieren?“

„Ja. Ich half meiner Schwester bei der Gästeliste und kümmerte mich dann um alle Rückmeldungen zu den Einladungen. Ich habe die Namen aller Gäste. Wenn wir die Namen irgendwie mit Bildern verknüpfen könnten, könnten wir diejenigen streichen, denen wir Fotos von der Hochzeit zuordnen können.“

„Oder deren Führerscheinfotos“, fügte Jay hinzu, der jetzt eine Idee hatte, wie er alle Gäste identifizieren konnte.

„Aber wie würdest du ihre ...“ Olivia hielt inne, beugte sich näher und senkte ihre Stimme zu einem Flüstern. „Du meinst, du kannst dich in die Zulassungsstelle hacken?"

„Ich nicht, aber ich kenne jemanden, der das kann." Fox oder Michelle könnten das tun. „Ist die Gästeliste auf deinem Tablet?"

Sie schüttelte den Kopf. „Nein, nur auf meinem Computer zu Hause."

„Okay, lass uns zu dir nach Hause gehen und deinen Computer holen."

Jay nahm Olivias Reisetasche und stand auf. Gemeinsam verließen sie das Café.

„Ich kann uns ein Uber bestellen", schlug Olivia vor.

„Ein Uber kann zu dir und letztendlich zu mir zurückverfolgt werden. Ich habe eine bessere Idee. Hier, setz die auf." Er griff in seine Gesäßtasche, holte eine zweite Baseballmütze hervor, die er gekauft hatte, und reichte sie Olivia.

Sie nahm sie und setzte sie auf. „Okay."

„Und setz deine Sonnenbrille auf."

Im Gehen holte Jay sein Handy heraus und wählte die letzte Nummer erneut.

Ace nahm den Anruf entgegen. „Wo bist du?"

„Immer noch in der Innenstadt. Wir gehen zu Olivias Haus. Die Fotos waren eine Pleite."

„Wahrscheinlich ist er zu schlau, um von der Kamera erwischt zu werden."

„Das habe ich mir schon gedacht, aber Olivia hatte eine andere Idee. Wir müssen nur ihren Laptop holen und dann machen wir uns auf den Weg zu euch. Halte mir den Rücken frei."

„Yankee beobachtet das Cottage auf den Monitoren. Im Moment ist alles rein."

„Bis dann." Er beendete das Gespräch.

„Wie kommen wir nach Alexandria? Mit der U-Bahn?", fragte Olivia.

„Nein. Hier entlang", sagte er und führte sie zu einem kleinen Parkplatz mit einem elektronischen Zahlautomaten. Es gab keinen Parkwächter. Jay sah sich um, um ein passendes Auto zu finden, ein weit verbreitetes Modell, das keine Aufmerksamkeit erregen würde.

Er fand es schnell und sah sich dann um, um sich zu vergewissern, dass ihn niemand beobachtete.

„Was machst du?", fragte Olivia.

„Uns eine Fahrgelegenheit nach Alexandria besorgen." Jay zückte sein Handy und navigierte zu einer App, die Fox einige Tage zuvor für ihn installiert hatte. Er beugte sich über die Windschutzscheibe des weißen Toyota Corolla und scannte die Fahrgestellnummer. Augenblicke später ertönte eine Reihe von Pieptönen, dann das vertraute Klicken der Autotüren, die sich entriegelten.

„Das ist nicht dein Auto, oder?", fragte Olivia und sah besorgt drein.

„Im Moment ist es meins. Keine Sorge, ich habe nicht vor, es zu behalten." Er öffnete die Autotür und hob die Reisetasche auf den Rücksitz. „Steig ein." Er wartete, bis Olivia die Beifahrertür öffnete, bevor er selbst einstieg.

„Schalte dein Handy aus. Wir wollen nicht, dass dich jemand verfolgen kann", sagte Jay, und Olivia tat, was er verlangte.

Er brauchte ganze dreißig Sekunden, um das Auto kurzzuschließen, und Augenblicke später waren sie auf der Straße und fuhren durch Washington D.C. Jay warf Olivia einen

Seitenblick zu und bemerkte, dass sie immer noch besorgt aussah.

„Entspann dich, ich weiß, was ich tue. Das ist nicht das erste Mal, dass ich das mache."

„Das habe ich mir schon gedacht, weil es so einfach ausgesehen hat. Ich nehme an, diese App auf deinem Handy kann man nicht aus dem App Store herunterladen."

„Wenn du wüsstest, was es alles gibt ..." Er legte seine Hand auf ihre und drückte sie. „Bereust du es, mich letzte Nacht nicht aus deinem Zimmer geworfen zu haben, nachdem dir klar wurde, was für ein Leben ich führe?"

Olivia holte hörbar Luft. „Nein, ich bereue es nicht. Aber ich versuche immer noch, mich an all das zu gewöhnen ... Autos zu stehlen, Wanzen zu installieren und all das Spionagezeug." Dann stieß sie plötzlich ein Lachen aus. „Wenn ich jemals so etwas in einem meiner Bücher geschrieben hätte, hätte mein Lektor es durchgestrichen und mir gesagt, ich solle etwas Glaubwürdigeres schreiben."

Jay lachte leise. „Du schreibst Science-Fiction. Glaub mir, es gibt viel unrealistischere

Szenarien in Sci-Fi als die Situation, in der wir uns gerade befinden."

„Ja, aber in Science-Fiction weiß ich, dass alles erfunden ist. Das hier" – sie machte eine allumfassende Handbewegung – „das ist Realität. Wenn ich meine Bücher schreibe, fühle ich mich sicher, weil ich die Handlung in jede beliebige Richtung lenken kann. Ich bin der Kapitän meines Schiffes. Aber das hier, das ist anders."

Jay verstand nur zu gut, was sie durchmachte. So hatte er sich gefühlt, als Smith ihn gefangen genommen hatte. Er hatte genau gewusst, was mit ihm geschah, konnte aber nichts tun, um es zu verhindern.

„Ich wünschte, ich könnte dir sagen, dass es besser wird oder dass du dich daran gewöhnen wirst. Das wirst du nicht. Ich wurde dafür trainiert, für jede Situation, in die mich meine Feinde bringen, gewappnet zu sein und trotzdem werde ich mich nie daran gewöhnen, Dinge tun zu müssen, die ich nicht tun will, nur um zu überleben. Eine Wahl zu treffen, die ich unter anderen Umständen niemals treffen würde."

„Wie machst du das dann? Wie machst du die Dinge, die du tun musst, ohne zusammenzubrechen?“

„Ich stelle mir vor, was passieren würde, wenn ich nicht täte, was ich tun muss. Sie würden mich fangen und mir meinen Verstand rauben und meinen Körper zerstören. Und dann würden sie es anderen antun, bis sie so viel Macht hätten, dass sie die Demokratie, so wie wir sie kennen, zerstören und jeden, der es wagt, sich im Protest zu erheben, vernichten würden.“

„Woher weißt du, dass das passieren wird?“

„Weil ich es gesehen habe. In einer wiederkehrenden Vorahnung, die ich seit drei Jahren habe.“

Olivia schnappte nach Luft. „Was hast du gesehen?“

„Ich habe gesehen, wie das Capitol explodiert. Die Schockwelle war so stark, so gewaltig, dass sie mich gegen einen Metallzaun geschleudert hat. Ich war hilflos. Lange wusste ich nicht, was die Vorahnung bedeutete. Aber als Smith mich gefangen nahm, fand ich heraus, dass er, indem er mir und den anderen Agenten unsere Gabe raubt, um einen Quantencomputer zu bauen, bald alle Macht haben wird, die er braucht, um sich zu nehmen, was er will: Geld und Macht. Und niemand wird ihn aufhalten können. Wer sich ihm in den Weg stellt, wird zerstört."

„Oh mein Gott, du kannst wirklich niemandem vertrauen."

„Nur den Kerlen, die mich vor dem sicheren Tod gerettet haben." Und diesen drei Männern vertraute er sein Leben an.

Sie überquerten gerade die Woodrow Wilson Memorial Bridge, und Jay wechselte auf die rechte Spur, um die Ausfahrt nach Alexandria zu nehmen, als sein Handy klingelte. Er zog es aus seiner Tasche und nahm den Anruf entgegen.

„Ja?"

„Sag mir, dass du noch nicht vor Olivias Hause bist", sagte Yankee mit angespannter Stimme.

„Wir sind etwa zehn Minuten entfernt."

„Gott sei Dank. Kehr sofort um. Smith ist gerade aufgetaucht. Er ist im Cottage."

„Verdammt!", zischte Jay.

„Was?", fragte Olivia und Jay stellte den Anruf auf Lautsprecher.

„Yankee, Olivia hört mit. Was macht Smith?"

„Er sieht sich in jedem Raum um. Er rührt nichts an, aber er schnüffelt rum."

„Ich habe keine Verbindung zu Smith", sagte Olivia. „Warum zum Teufel ist er in meinem Haus?"

„Er muss dich irgendwie mit Tiger in Verbindung gebracht haben."

„Tiger?"

„Das bin ich", sagte Jay schnell.

„Er muss euch beide zusammen gesehen haben. Vielleicht, nachdem ihr zurück ins Hotel gegangen seid. Ansonsten gibt es nichts, wie er dich mit Tiger in Verbindung hätte bringen können."

Jay nahm die Autobahnausfahrt nach Alexandria, fuhr aber nicht in Richtung Olivias Haus.

„Ach verdammt!", fluchte Yankee plötzlich. „Er installiert Wanzen."

„Mist!", entfuhr es Jay und er sah Olivia an, als er in einer ruhigen Seitenstraße den Wagen anhielt. „Wir können nicht zu dir nach Hause fahren, nicht jetzt, solange er noch da ist, und auch nicht später, sonst hat er uns auf Video."

„Aber mein Computer!", protestierte Olivia.

„Wir werden ihn nicht mehr brauchen, jetzt, wo wir Smith vor der Kamera haben. Yankee, wir haben ein gutes Bild von seinem Gesicht, oder?", fragte Jay.

„Ja. Als würde er für ein Führerscheinfoto posieren. Wir haben ihn. Jetzt müssen wir nur noch die Gesichtserkennung ausführen und dann finden wir ihn."

„Jay, du verstehst nicht", flehte Olivia. „Ich brauche meinen Computer und meine Back-up-Festplatte aus meinem Safe. Mein Manuskript ist da drauf, meine Serienbibel, meine Entwürfe, meine Notizen, alles. Jay, das ist mein Leben. Ich brauche meinen Computer."

„Du hast deine Dateien nicht in der Cloud gespeichert?"

„Um gehackt zu werden? Natürlich nicht."

Jay atmete tief durch. „Verdammt!"

„Warte, Tiger", mischte sich Fox plötzlich in das Gespräch ein. „Ich habe vielleicht eine Möglichkeit, Smiths Wanzen für eine kurze Zeit auszuschalten, um euch Gelegenheit zu geben, ins Haus zu kommen, aber ich bin mir noch nicht sicher. Ich muss zuerst herausfinden, welche Art von Wanzen er installiert. Gib mir ein bisschen Zeit. Wir bleiben in Kontakt. Bleibt in der Zwischenzeit dem Haus fern. Ich schicke dir eine SMS, sobald ich was weiß. Bis bald."

Fox beendete den Anruf.

23

Olivia wurde immer unruhiger. Smith war in ihrem Haus und installierte Überwachungsgeräte, und sie konnte nicht hinein, um ihre wertvollsten Besitztümer zu holen: ihr Manuskript und alles, was dazu gehörte. Dies war ihr schlimmster Alptraum, der sich erfüllte. Sie war nichts ohne ihre Arbeit, ohne ihre Geschichten. Sie hatte das immer gewusst, aber sie hätte nie gedacht, dass es eines Tages so weit kommen würde.

„Aber warum kann ich nicht einfach reingehen, sobald Smith verschwindet, meine

Sachen holen und wieder gehen? Du musst nicht mitkommen", sagte sie.

„Wenn du da reingehst, nur deinen Computer holst und sofort wieder gehst, könnte er vermuten, dass wir ihm auf der Spur sind. Er ist kein Dummkopf. Wir haben Glück, wenn er nicht entdeckt, dass deine Wohnung bereits verwanzt ist", sagte Jay und nahm ihre Hand. „Wir werden uns etwas ausdenken."

„Aber wie kann ich überhaupt dort leben, wenn ich weiß, dass Smith alles filmt? Das kann ich nicht. Ich muss umziehen."

„Einen Schritt nach dem anderen, okay? Zuerst warten wir, bis Fox herausgefunden hat, wie wir Smiths Kameras umgehen können."

„Dieser Fox ist einer der Agenten, die dich gerettet haben, richtig?"

Jay nickte.

„Also ist er ein Präkognitiver, so wie du. Wie hilft uns das, meinen Computer zu bekommen?"

„Er ist ein IT-Genie und seine Freundin ist eine Ex-Hackerin. Sie war Mitglied von Anonymous, bis sie erwischt wurde und Smith sie erpresste, Fox aufzuspüren. Um es kurz zu machen, sie verliebte sich in Fox und wandte sich gegen Smith. Jetzt arbeiten beide an allem, was mit IT zu tun hat und uns helfen kann, Smith zu finden.“

„Es ist schon eine Stunde her. Was, wenn weder er noch seine Freundin eine Lösung finden?“

„Beide sind die Besten der Besten. Und zusammen sind sie unschlagbar. Die beiden konnten sich in Langley reinhacken, und glaub mir, es ist kein Kinderspiel, hinter die Firewalls der CIA zu gelangen.“ Er beugte sich zu ihr hinüber und drückte ihr einen Kuss auf die Lippen. „Vertrau mir, Olivia.“

Sie nickte, legte eine Hand auf seinen Nacken und zog ihn näher. „Das tue ich.“

Sie rieb ihre Lippen als Einladung an seine und Jay nahm sie an und küsste sie, seine Lippen fest, seine Zunge zart und sanft. Sie wusste, dass er alles tun würde, um die Situation, in der sie sich befanden, zu bereinigen.

Plötzlich klingelte Jays Handy. Er beendete den Kuss und sah auf das Display. „Das ist Fox.“ Er stellte den Anruf auf Lautsprecher.

„Was hast du für uns, Fox?“, fragte Jay.

„Okay, es gibt eine Möglichkeit, das Signal der Wanzen, die du platziert hast, zu nehmen und es umzuwandeln, um damit den Empfang von Smiths Wanzen zu stören. Aber ich kann es nur fünfundvierzig Sekunden lang tun, höchstens eine Minute, oder ich werde seine Ausrüstung verbrennen und dann würde er wissen, dass wir ihm auf den Fersen sind."

Jay warf ihr einen fragenden Blick zu. „Kannst du deinen Computer in fünfundvierzig Sekunden herausholen?"

Olivia nickte. „Das wird knapp. Der Safe ist hinter einer Vertäfelung im Kleiderschrank im Büro."

„Ich gebe dir so viel Zeit wie ich kann, aber du musst dich beeilen", sagte Fox. „Und bewege nichts. Wenn der Feed wieder da ist, muss alles genauso aussehen wie zuvor. Verstehst du das?"

Olivia verstand. „Ich schaffe das."

„Okay. Ich bleibe dran. Sagt mir, wenn ihr an der Haustür seid und den Schlüssel bereithaltet."

„Und Smith?", fragte Jay schnell.

„Er ist vor einer halben Stunde gegangen."

„Gut", sagte Jay und startete den Motor. Sie waren nur fünf Autominuten von Olivias Haus entfernt.

Zuerst fuhr Jay direkt daran vorbei.

„Du bist vorbeigefahren", bemerkte Olivia.

„Ich weiß. Ich will nur sichergehen, dass niemand auf der Lauer liegt. Leider haben wir keine Kameras außerhalb deines Hauses."

Jetzt verstand sie. Obwohl Smith eine halbe Stunde zuvor gegangen war, konnte er noch in einem geparkten Auto sitzen. Olivia ließ ihre Augen schweifen.

„Alles rein", sagte Jay und fuhr um den Block herum, bevor er das Auto in Olivias Block parkte.

Als sie aus dem Auto stiegen, nahm Jay sein Telefon aus Olivias Hand und sprach hinein. „Wir sind fast vor der Tür."

„Ich warte", bestätigte Fox.

An der Eingangstür zog Olivia den Haustürschlüssel aus ihrer Handtasche, bevor sie Jay ansah. „Ich bin so weit."

„Fox", sagte Jay, „du gibst das Signal."

Aus dem Handy war das Klappern einer

Tastatur zu hören. „Steck deinen Schlüssel ins Schloss. Schließe auf mein Kommando auf."

Olivia steckte mit rasendem Herzen den Schlüssel ins Schloss.

„Auf drei. Eins, zwei, drei."

Olivia schloss die Tür auf und drückte sie nach innen, dann stürmte sie ins Haus. Alles war genauso, wie sie es verlassen hatte. Smith hatte nichts bewegt. Ohne die Überwachungsausrüstung, die Jay installiert hatte, hätte sie nie gewusst, dass ein Fremder in ihrem Haus gewesen war und jede ihrer Bewegungen aufzeichnen würde.

Im Büro rannte sie zum Schrank und schob die Tür zur Seite, dann griff sie nach der Holzvertäfelung an der Rückseite des Schranks. Sie schob diese zur Seite, um den Safe freizulegen. Ihre Hand zitterte, als sie das Zahlenschloss berührte. Sie gab den achtstelligen Code ein, aber es ertönte ein Piepton und ein Fehlerzeichen blinkte.

„Scheiße!" Sie zitterte zu sehr.

„Atme tief durch", sagte Jay ruhig neben ihr.

„Noch fünfundzwanzig Sekunden", sagte Fox über das Handy.

Als sie die Kombination zum zweiten Mal eingab, hörte sie das Klicken der Safeöffnung, drehte den Griff und zog daran.

Sie griff hinein, nahm ihren Computer und die externe Festplatte heraus und reichte sie Jay.

„Noch fünfzehn Sekunden."

Olivia knallte den Safe zu, drehte den Griff und dann am Handrad, um die Tür zu verriegeln. Schnell schob sie die Holzplatte vor den Safe und trat aus dem Schrank. Sie packte die Schiebetür des Schranks, doch diese klemmte plötzlich. Sie riss ruckartig daran, aber sie bewegte sich nicht, und sie warf Jay einen panischen Blick zu.

Er drückte ihr den Computer und die Festplatte in die Hand, ging in die Hocke und zog an einer Socke, die auf der Schiene steckengeblieben war.

„Zehn Sekunden", warnte Fox.

„Wir haben's fast", sagte Jay und konnte endlich die Socke herausziehen, zurück in den Schrank werfen und die Schranktür zuschieben.

Sie rannten beide aus dem Büro, durch den kurzen Flur und durch das Wohnzimmer in die

Diele. Olivia rannte zuerst hinaus, Jay war ihr auf den Fersen. Er zog die Tür hinter sich zu, den Schlüssel noch im Schloss. Er sperrte zu.

„Zwei Sekunden."

Jay zog den Schlüssel aus dem Schloss. „Wir sind draußen."

Olivia atmete schwer, ihre Brust hob sich, ihr Herz hämmerte ihr bis in die Kehle. „Wir haben es geschafft."

Jay steckte sein Handy in die Tasche und lächelte sie an, während er sie bereits dorthin führte, wo sie das Auto geparkt hatten. Sie bemerkte, dass Jay stets wachsam seine Augen die Straße auf und ab schweifen ließ.

„Hat uns jemand gesehen?", fragte sie besorgt.

„Nein, alles in Ordnung. Jetzt lass uns zu den anderen fahren."

24

Jay und Olivia stellten das gestohlene Auto in der Nähe einer Metrostation in Washington D.C. ab und fuhren mit öffentlichen Verkehrsmitteln zu einer Station am Stadtrand von D.C., wo einer der anderen Agenten, Ace, sie mit einem weißen Krankentransportwagen abholte.

Es war früher Abend, als sie in der Villa ankamen. Olivia war beeindruckt von dem wunderschönen Gebäude, das von einem üppigen Grundstück umgeben war.

„Gehört das Haus dir?", fragte sie Ace.

„Ja. Es gehörte meinem Vater. Ich habe es geerbt, nachdem Smith ihn ermordet hat."

Sie war schockiert. „Es tut mir leid."

Ace nickte nur. „Er leitete das Programm bei der CIA, dem wir alle angehörten."

„Jay hat mir etwas über die Gabe erzählt, die ihr alle habt. Die Zukunft zu sehen. Es ist faszinierend."

„Und der Grund, warum Smith hinter uns her ist." In der Eingangshalle des großen Anwesens führte er sie zu einer Tür auf der linken Seite. „Alle sind in der Küche."

Olivia folgte ihm, Jay an ihrer Seite, als sie die riesige Küche mit dem großen Esstisch betraten. Mehrere Männer und Frauen drängten sich bereits um den Tisch und drehten sich um, als sie eintraten.

„Hey, alle zusammen", sagte Ace. „Das ist Olivia. Olivia, das sind Phoebe, Michelle, Lilly und Fox. Yankee kennst du ja schon."

„Hallo", sagte sie, „ich werde wahrscheinlich eine Weile brauchen, bis ich mir alle Namen merken kann."

Phoebe, die schwanger zu sein schien, sprach sie an: „Ich zeige dir später, wo du und Jay wohnt, aber lass uns zuerst etwas essen. Lilly hat mir beim Abendessen geholfen."

„Kann ich bei irgendetwas helfen?", fragte Olivia.

„Nein, es ist alles fertig. Und die Jungs werden später aufräumen", sagte sie mit einem Blick zu Ace. „Stimmt's?"

„Absolut", antwortete Ace und küsste sie auf die Wange, bevor er ihr half, sich an den Esstisch zu setzen.

Der Tisch war bereits gedeckt, und alle gesellten sich zu Phoebe und bedienten sich an den verschiedenen Gerichten, die in der Mitte des Tisches platziert waren. Olivia setzte sich neben Jay. Sie war nicht sehr hungrig, da sie mit ihren Eltern ausgiebig zu Mittag gegessen hatte, aber sie legte ein bisschen Salat auf ihren Teller.

„Lasst ihr Smiths Foto schon durch die Gesichtserkennung laufen?", fragte Jay.

„Ja", sagte Fox, „wir haben in dem Moment angefangen, als wir ein klares Bild von ihm hatten. Es wird aber noch eine Weile dauern."

„Mehr als nur eine Weile", fügte Michelle hinzu. „Es gibt Millionen von Bildern und Videoaufnahmen und wir müssen gründlich sein."

„Michelle hat recht", meinte Fox, „und wir mussten die Parameter lockern, um die Möglichkeit zu berücksichtigen, dass Smith Verkleidungen trägt, was bedeutet, dass wir möglicherweise einige Fehlalarme erhalten, die wir manuell überprüfen müssen. Michelle und ich übernehmen nach dem Abendessen die erste Schicht. Mit etwas Glück finden wir bis morgen früh heraus, wer er wirklich ist."

„Und dann?", fragte Olivia. „Was werdet ihr mit ihm machen, wenn ihr wisst, wer er ist? Werdet ihr ihn töten?" Dieser Gedanke jagte ihr einen Schauer über den Rücken.

„Das können wir nicht", sagte Jay. „Smith ist nicht der Leiter der Operation. Er arbeitet für jemanden. Er nennt ihn Jones. Aber wir haben noch keine Ahnung, wer dieser Jones ist. Smith muss uns zu ihm führen, damit wir alle auf einen Schlag beseitigen können."

„Und die CIA kann euch nicht helfen? Da muss doch jemand sein, der –"

„Wir können niemandem vertrauen. Wir vermuten, dass Smith Teil der CIA ist, und wir haben keine Ahnung, wie hoch das geht und wie viele Leute daran beteiligt sind. Sie waren in der Lage, Aces Vater, den Direktor unseres Programms, zu töten und über dreißig präkognitive Agenten dazu zu bringen, unterzutauchen. Sie wissen Dinge, die sie nicht wissen sollten."

Olivia warf einen Blick auf die anderen drei Agenten, als ihr etwas kam. „Habt ihr die Möglichkeit in Betracht gezogen, dass Smith auch ein Präkognitiver ist?"

„Haben wir. Aber als ich ihm nahe war, habe ich es nicht gespürt."

Olivia starrte ihn an. „Was meinst du mit gespürt?"

„Immer, wenn ein Präkognitiver einem anderen Präkognitiven körperlich nahekommt, spüren wir ein Kribbeln auf unserer Haut. Wir erkennen, dass uns der andere ähnlich ist. Ich hatte dieses Gefühl bei Smith nicht."

Jay sah seine Agentenkollegen an und alle nickten.

„Jay hat recht. Wir alle spüren dieses Kribbeln, wenn wir uns nahe sind", sagte Yankee. „Aber leider war Tiger der Einzige, der Smith jemals körperlich nahe genug war. Und wenn er sagt, er hat es nicht gespürt, dann ist Smith kein Präkognitiver."

„Aber es ist möglich, dass jemand, der für ihn arbeitet, oder vielleicht sogar Jones, ein Präkognitiver ist", sagte Jay. „Es ist auch möglich, dass einer der Agenten aus dem Programm auf die andere Seite gewechselt ist und jetzt mit Smith zusammenarbeitet."

„Wäre nicht das erste Mal", warf Yankee ein. „Ich kannte einen von ihnen, Echo, der auf Smiths Seite gelockt wurde. Er ist jetzt tot."

„Und alle anderen?", fragte Olivia. „Jay, du hast gesagt, es waren dreißig Agenten. Sie können sich nicht alle mit Smith verbündet haben, nicht, wenn sie wissen, was Smith ihnen antun wird."

„Nein", sagte Ace, „aber es ist schwer, jemanden zu finden, der nicht gefunden werden will, besonders jemanden, der von der CIA darauf trainiert wurde, unsichtbar zu sein."

„Ich kann immer noch nicht glauben, dass ihr alle ehemalige CIA-Agenten seid und Vorahnungen habt. Worum ging es in diesem Programm bei der CIA? Oder müsst ihr mich töten, wenn ihr es mir erzählt?"

Jay gluckste und zwinkerte ihr zu. „Michelle, Phoebe und Lilly wissen alle davon und sie leben noch."

Die anderen lachten.

„Hast du schon einmal von *Remote Viewing* gehört?", fragte Ace.

„Ja, ich habe darüber gelesen. Es soll eine Spionagemethode sein, bei der der Spion in einem Raum sitzt und versucht, mental etwas an einem anderen Ort zu sehen, oder?"

„So in etwa", sagte Ace. „In den 90er-Jahren gab es ein solches Programm bei der CIA, aber es ist letztendlich gescheitert, weil die für das Programm rekrutierten Agenten keine hellseherischen Fähigkeiten hatten. Mein Vater wusste jedoch, dass das Programm ein Erfolg werden könnte, wenn man dafür nur Agenten mit einer präkognitiven Begabung rekrutieren würde. Wie er selbst."

„Also hast du diese Gabe von deinem Vater geerbt?", fragte Olivia. „Es ist genetisch?"

Ace schüttelte den Kopf. „Henry Sheppard war nicht mein leiblicher Vater. Er adoptierte mich, als er von meiner Gabe erfuhr. Er startete das Stargate-Programm im Jahr 2000 erneut und ich wurde sein erster Agent. In den folgenden Jahren rekrutierte er andere mit der gleichen Gabe. Aber das Programm war streng geheim und nicht einmal die obersten Beamten der Agency wussten davon."

„Aber wie ist das möglich? Ich meine, jemand muss für das Programm bezahlt haben." Nichts war umsonst.

„Er hat es geschafft, Geld von anderen Programmen abzuzweigen, um Stargate zu finanzieren", erklärte Ace. „Schließlich sind die meisten Budgets der Behörden so aufgebläht, dass es niemandem auffällt, wenn ein paar Millionen Dollar wegfallen."

„Deine Steuergelder sind hart am Werk", fügte Jay hinzu.

„Ich werde daran denken, wenn ich das nächste Mal dem Finanzamt mein hart verdientes Geld schicke", sagte Olivia grinsend.

„Apropos hart verdientes Geld", warf Michelle ein. „Kann ich dir sagen, dass ich deine Bücher liebe? Galaxy Outcast ist unglaublich."

Olivia erstarrte. Sie wussten alle, dass sie

T.R. Harland war? Sie fing Jays entschuldigenden Blick auf.

„Mach Jay keine Vorwürfe", sagte Fox schnell. „Aber als er dachte, du wolltest ihn töten, mussten wir deinen Hintergrund durchleuchten und bestätigen, dass du keine psychopathische Mörderin bist."

Verblüfft fiel Olivia die Kinnlade herunter. Sie starrte Jay an. „Du dachtest, ich wollte dich umbringen? Warum das denn?"

Jay verzog das Gesicht. „Erinnerst du dich daran, dass ich dir gesagt habe, dass ich dein Haus verwanzt habe? Die Jungs haben gehört, wie du mit jemandem am Telefon darüber gesprochen hast, dass du jemanden abmurksen willst, aber dass du noch nicht wusstest, welche Methode du verwenden solltest."

„Und anscheinend wäre Belladonna langweilig und Dolche hätten ein Chaos angerichtet", warf Fox mit einem Glucksen ein.

Da dämmerte es ihr. „Oh mein Gott, ich habe mit meiner Schwester über die Handlung für mein nächstes Buch gesprochen."

„Ja, das haben wir später auch

herausgefunden", sagte Jay, „nachdem du mich in jener Nacht hinausgeworfen hast."

Sie schüttelte den Kopf und alles von jener Nacht kam ihr jetzt wieder in den Sinn. „Du warst da so anders." Trotzdem hatte er mit ihr geschlafen. Aber war das seine Absicht gewesen, oder war er gekommen, um etwas ganz anderes zu tun? „Bist du gekommen, um mich in jener Nacht zu töten?"

Jay nahm sofort ihre Hand. „Nein, Baby, bin ich nicht. Ich habe versucht herauszufinden, warum du vorhattest, mich zu töten, damit ich deine Meinung ändern konnte." Er legte seine Hand auf ihre Wange und beugte sich näher. „Ich könnte dir nie wehtun."

Sie sah die Wahrheit in seinen Augen und küsste ihn. Ihre Lippen verschmolzen und Jay legte seine Arme um sie und hielt sie fest.

„Nehmt euch ein Zimmer", sagte Yankee.

Jay ließ von ihr ab. Er sah überhaupt nicht verlegen aus und warf Yankee einen Seitenblick zu. „Keine schlechte Idee."

25

Am nächsten Morgen stellte sich heraus, dass die Suche mit der Gesichtserkennungssoftware keine verwertbaren Ergebnisse erbracht hatte. Während Smith auf verschiedenen Verkehrskameras sowie Überwachungskameras in ganz Washington D.C. aufgetaucht war, hatte keine einen Hinweis darauf gegeben, wer er war, wohin er ging und woher er kam. Auf keinem Foto oder Video war er mit Autos unterwegs gewesen, die es Jay und seinen Kollegen ermöglicht hätten, den Besitzer zu ermitteln und so Smiths Identität aufzudecken.

„Ich habe sein Bild auch mit allen in D.C.,

Maryland und Virginia ausgestellten Führerscheinen verglichen. Nichts", berichtete Fox, drehte sich von seinem Monitor weg und wandte sich Jay und dem Rest der Bande zu.

„Wir wissen, dass er einen Führerschein hat", sagte Jay. „Vielleicht wurde er in einem anderen Staat ausgestellt."

Fox zuckte mit den Schultern. „Er hätte ihn gegen einen neuen aus dem Bundesstaat, in dem er jetzt lebt, austauschen müssen. Und wir gehen davon aus, dass er in D.C., Maryland oder Virginia lebt. Alles andere wäre zu weit, um täglich nach D.C. zu fahren."

„Wisst ihr überhaupt, ob er in D.C. arbeitet?", fragte Olivia.

„Wenn er Teil der CIA oder einer anderen Regierungsbehörde ist, was er sein muss, wenn man bedenkt, was er alles weiß, dann müsste er irgendwo in der Nähe leben. Das heißt, er hätte innerhalb von sechzig Tagen nach seinem Umzug hierher einen Führerschein von einer dieser drei Zulassungsstellen bekommen müssen", erklärte Jay.

„Ja, wenn er seinen Wohnsitz gewechselt hat. Aber was, wenn er das nicht getan hat?

Was, wenn er seinen offiziellen Wohnsitz dort beibehalten hat, wo er ursprünglich herkommt?", fragte Olivia. „Ich meine, Kongressabgeordnete machen das ständig. Sie sind Einwohner ihrer Heimatstaaten, aber sie sind die meiste Zeit des Jahres in D.C., um ihren Staat zu vertreten. Smith könnte dasselbe tun, wisst ihr, vielleicht aus steuerlichen Gründen?"

„Das ist ein guter Punkt", gab Jay zu. Daran hatte er selbst nicht gedacht. Er sah Fox an. „Können wir sein Foto durch alle anderen Zulassungsstellen im Land laufen lassen?"

„Natürlich können wir das", sagte Fox und verzog dann das Gesicht, „aber das bedeutet, dass wir uns in jede einzelne Zulassungsstelle hacken müssen. Das ist zeitaufwändig. Wir müssen die Suche eingrenzen."

„Lasst uns herausfinden, wie", sagte Ace. „Vorschläge?"

„Hat Smith einen Akzent?", fragte Phoebe. „Michelle? Du hast mehrmals mit ihm gesprochen. Und Jay auch."

Jay wechselte einen Blick mit Michelle, aber beide zuckten mit den Schultern. „Ich konnte nichts Besonderes raushören, aber die meiste Zeit war ich betäubt, nachdem er mich gefangen genommen hatte."

„Ehrlich gesagt klang er, als käme er von hier", sagte Michelle. „Definitiv kein Südstaatler, und auch nicht aus New York. Diese Akzente würde ich erkennen."

Yankee nickte. „Als er Lilly in diesem Lagerhaus, das wir in die Luft gesprengt haben, in seinen Fängen hatte, war ich zu sehr darauf konzentriert, Lilly zu befreien, dass ich nicht aufgepasst habe."

„Er hat sowieso nicht viel gesagt", bestätigte Lilly, „aber ich stimme Michelle zu. Er ist kein Südstaatler oder New Yorker."

„Dann sollten wir vielleicht tun, was ich Jay gestern vorgeschlagen habe", sagte Olivia. „Wir gehen die Gästeliste der Hochzeit meiner Schwester durch und eliminieren alle, die wir über Social Media und Führerscheine und alles andere, was Fox und Michelle im Internet finden können, identifizieren können. Wen auch immer wir nicht identifizieren können, muss Smith sein."

Jay tauschte einen Blick mit den anderen

drei Stargate-Agenten aus. „Ist einen Versuch wert. Die Liste kann nicht so lang sein, oder, Olivia? Vielleicht zweihundert Leute?"

„Eher dreihundert, aber wir können die Frauen sofort ausschließen. Das reduziert sie auf weniger als hundertfünfzig. Und ich werde zumindest ein paar der Gäste wiedererkennen."

„Lasst uns das tun", stimmte Ace zu.

„Okay, ich hole meinen Computer", sagte Olivia.

Minuten später saß Olivia an einem Schreibtisch im Computerraum, ihren Laptop vor sich, Fox neben ihr.

„Hier ist die Tabelle", erklärte sie. „In der ersten Spalte sind die Leute, die eingeladen wurden; ihre Adressen stehen in Spalte zwei. Die dritte Spalte zeigt, wer sein Kommen bestätigt hat. Und in der vierten Spalte sind zusätzliche Notizen, wie z. B. jemand, der eine vegane Mahlzeit angefordert oder Lebensmittelallergien gemeldet hat."

„Wow, man würde nie vermuten, dass du der kreative Typ bist", sagte Fox.

„Schriftsteller müssen organisiert sein", antwortete Olivia.

„Okay", sagte Fox und sprach jetzt zu allen. „Jeder nimmt Namen von der Liste und dann fangen wir an nachzuforschen."

Jay legte seine Hand auf Olivias Schulter, und sie sah zu ihm auf. „Olivia, du musst die Leute herausnehmen, von denen du weißt, dass sie nicht Smith sein können, angefangen mit deiner Familie, den Brautjungfern, dem Bräutigam und so weiter."

Sie nickte. „Ich bin dabei." Sie fing an, Namen zu markieren und daneben Notizen zu machen. Dann sah sie wieder hoch. „Da waren ein paar von Timothys College-Kumpels, mit denen ich getanzt habe. Auch die schließe ich aus. Sie sind zu jung, um Smith zu sein. Und ich habe ein Foto vom Vater des Bräutigams gemacht und Jay hat ihn auch nicht als Smith erkannt. Dann sind da noch die Frauen, die können wir auch vergessen." Sie tippte auf ihrer Tastatur und markierte weiter.

„Auf geht's."

„Lass mich diese Liste auf den großen Bildschirm an der Wand projizieren", sagte Fox, griff nach einem Kabel und steckte es in einen der Anschlüsse von Olivias Laptop.

Einen Augenblick später erschien die Liste auf dem Wandmonitor.

„Okay", sagte Jay, „Ace, nimm Zeile eins, Yankee drei, Phoebe sieben, Lilly zehn, Olivia elf, ich nehme dreizehn. Beginnt mit den Social-Media-Konten, Facebook, Instagram, Twitter, was immer ihr finden könnt. Und wenn ihr keine Informationen über die Person finden könnt, gebt den Namen an Michelle oder Fox weiter und sie hacken die entsprechenden Zulassungsstellen, um die Führerscheine zu erhalten."

Sie machten sich an die Arbeit. Manche Leute waren leicht zu finden und zu eliminieren, meistens die jüngeren. Sie hatten Instagram-Konten und twitterten und posteten sogar Bilder der Hochzeit auf ihren Social-Media-Accounts, was es noch einfacher machte, sie auszuschließen. Die älteren Männer waren etwas schwerer zu finden. Nur wenige hatten Facebook-Konten und sehr wenige posteten Fotos, obwohl einige von ihnen durch die Social-Media-Konten ihrer Frauen eliminiert werden konnten. Die Männer mit eher häufiger vorkommenden Vor- und Nachnamen waren am schwersten zu identifizieren, Gäste wie Mark Jennings zum Beispiel. Es gab Dutzende von Facebook-Konten unter diesem Namen. Auch eine räumliche Eingrenzung der Treffer half wenig, da viele Facebook-Nutzer ihren Wohnort nicht preisgaben. Das waren die Namen, zu denen Fox und Michelle versuchten, Informationen über die Zulassungsstelle oder andere Regierungsbehörden zu erhalten.

Innerhalb von fünf Stunden hatten sie die Liste auf eine Handvoll Namen reduziert.

Jay wechselte einen besorgten Blick mit Ace. „Es sieht nicht gut aus.“

Zwei weitere Namen wurden von der Liste gestrichen und Olivia sah ihn genauso enttäuscht an, während Fox und Michelle an den letzten beiden verbliebenen Namen arbeiteten.

Auch sie wandten sich eine Minute später von ihren Computern ab und schüttelten den Kopf.

„Die beiden sind auch aus dem Schneider“, sagte Michelle. „Tut uns leid.“

„Wie kann das sein?“, fragte Jay und rieb sich den Nacken. „Er war eindeutig bei der Hochzeit. Er war kein Kellner, und er war dabei, als das Gruppenfoto gemacht wurde, aber er war schlau genug, sich abzuwenden."

„Glaubst du, er hat die Hochzeit gecrasht?", fragte Yankee.

„Zu welchem Zweck?" Jay schüttelte den Kopf. „Nein, er muss eingeladen worden sein."

„Warum ist er dann nicht auf der Liste aufgetaucht?", fragte Ace. „Er muss doch mit jemandem gekommen sein, oder nicht?"

Olivia schnappte plötzlich nach Luft. „Das ist es. Er kam mit jemandem, der eingeladen war. Er war der Gast eines Gastes." Sie begann auf ihrer Tastatur zu tippen und sortierte die Liste anders. „Da." Sie zeigte auf den Bildschirm. „Drei Gäste, alles Frauen, nahmen die Einladung an und bestätigten, dass sie ein Date mitbringen würden, aber sie nannten den Namen ihres Dates nicht. Smith muss das Date einer dieser Frauen gewesen sein."

„Ausgezeichnet!", lobte Jay und drückte einen Kuss auf Olivias Wange. „Erkennst du einen der Namen, Olivia?"

Sie sah sich die Liste noch einmal an. „Ja, Evelyn Treadstone ist Timothys Mutter. Sie ist von Timothys Vater geschieden und hat nicht wieder geheiratet. Sie benutzt wieder ihren Mädchennamen. Und die hier, Mercedes Bosch, ich erinnere mich an ihren Namen, weil er so ungewöhnlich war, wisst ihr, zwei deutsche Markennamen. Sie ist eine Verwandte aus dem Mittleren Westen, sie ist bestimmt in den Fünfzigern oder Sechzigern, und sie hat einen jungen Mann mitgebracht. Er sah aus wie ein Gigolo. Ich erinnere mich, weil meine Schwester gesagt hat, sie sei das schwarze Schaf in Timothys Familie."

„Und die dritte Frau?", fragte Jay.

„Jane Karlinski? Keine Ahnung, tut mir leid."

„Okay", sagte Fox, „ich nehme sie. Michelle, nimm Timothys Mutter und finde heraus, mit wem sie zusammen ist."

Sie alle sahen zu, wie Fox und Michelle das taten, was sie am besten konnten, das Internet nach Informationen zu durchsuchen und sich in Regierungsserver zu hacken.

Fox war der Erste, der berichtete, was er gefunden hatte. „Jane Karlinski wurde von William Karlinski, ihrem siebzigjährigen Vater, begleitet. Er ist nicht Smith."

Jay seufzte und hoffte, dass Michelle mehr Glück haben würde.

„Ihr starrt Löcher in meinen Rücken", sagte Michelle, ohne über ihre Schulter zu schauen.

Es dauerte noch ein paar Minuten, in denen niemand sprach, bis Michelle sich endlich umdrehte.

„Darf ich vorstellen, Evelyn Treadstones Date. Sie nennt ihn nur John."

Jay starrte auf den Monitor. Michelle hatte einen Schnappschuss von Evelyn Treadstone beim Tanzen mit Smith gefunden.

„Du denkst also, sein Name ist wirklich John Smith? Es muss Tausende von Männern namens John Smith geben", sagte Olivia ungläubig.

„Es ist nicht sein richtiger Name", sagte Michelle. „Als ich ihn in diesem Parkhaus traf, wo er mir Anweisungen gab, die Person zu finden, die sich in die Server der CIA hackte, fragte ich ihn, wer er sei. Und er sagte, und ich zitiere: *Wie wäre es mit Smith?*" Sein Vorname könnte durchaus John sein. Aber da sein Date nirgendwo seinen Nachnamen erwähnt und sie ihn auch nicht in ihrem Post markiert hat, können wir uns seines richtigen Namens nicht sicher sein."

„Also sind wir in einer Sackgasse?", fragte Olivia.

„Nein", antwortete Jay sofort. „Wenn er mit Timothys Mutter ausgeht, können wir sie überwachen. Irgendwann wird sie sich mit ihm treffen und dann können wir ihm folgen und sehen, wohin er uns führt."

Ace nickte. „Lass uns ihr Telefon anzapfen und eine Kamera außerhalb ihres Hauses aufstellen, um ihn und sein Auto aufzunehmen, falls er dort auftaucht. Fox?"

„Kein Problem. Ich mache mich gleich an die Telefonüberwachung."

„Yankee und ich können die Kamera heute Abend installieren", sagte Jay.

„Okay, wir haben einen Plan", sagte Ace. „Lasst uns diesen Bastard schnappen."

26

Nach dem Abendessen am selben Tag bereiteten Jay und Yankee ihre Ausrüstung vor, um das Haus von Evelyn Treadstone zu überwachen. Sie waren damit beschäftigt, den Lieferwagen als einen von DC Gas & Electric zu tarnen, damit niemand, der sie sah, misstrauisch wurde.

„Wir waren noch nie so nah dran, ihn zu identifizieren", sagte Yankee.

„Ich wünschte, wir könnten ihn jetzt töten." Aber Jay wusste, dass das unmöglich war.

„Ich auch, vor allem, weil er versucht hat, Lilly ermorden zu lassen. Zweimal! Aber zuerst muss er uns zu Jones führen. Aber wenn es so weit ist, ihn auszuschalten, bin ich als Erster dran", schwor Yankee.

„Von dem, was ich bisher über Ace weiß, wird er ihn selbst ausschalten wollen."

„Er muss sich hinten anstellen."

Jay lachte leise und brachte einen großen Aufkleber an der Tür des weißen Lieferwagens an. „Es ist mir egal, wer ihn tötet, solange er tot ist."

„Also du und Olivia", sagte Yankee und wechselte das Thema. „Wie funktioniert es?"

„Es läuft gut. Sie ist nicht nachtragend. Ich bin mir nicht sicher, ob eine andere Frau mir so schnell verziehen hätte, dass ich ihr Haus verwanzt habe."

„Überrascht mich nicht, dass sie dir vergeben hat. Ich meine, wie sie dich ansieht ..." Yankee schüttelte den Kopf. „Du Glückspilz."

Jay grinste. Er wusste, dass er bei Olivia auf Gold gestoßen war, obwohl sie noch nicht die drei Worte gesprochen hatte, die er von ihr hören wollte. Aber er war geduldig.

„Sieht so aus, als wären wir bereit", sagte

Yankee mit einem Blick auf den Lieferwagen. „Jetzt lass uns ein paar Overalls anziehen, damit wir dazu passen."

Sie gingen zurück ins Haus, als Ace auf sie zukam und sie in den Computerraum winkte. „Wir haben die Überwachung abgebrochen."

„Warum?", fragte Jay überrascht, als er und Yankee den Raum betraten.

„Wir haben gerade ein Gespräch zwischen Evelyn Treadstone und Smith abgehört. Michelle bestätigte, dass es seine Stimme war. Smith und Timothys Mutter gerieten in einen Streit und sie hat mit ihm Schluss gemacht. Sie war sauer, dass er sie dazu gebracht hatte, den Hochzeitsempfang ihres Sohnes vorzeitig zu verlassen, und gibt ihm jetzt die Schuld, deswegen mit ihrem Sohn in Streit geraten zu sein. Und dann blieb Smith noch nicht einmal über Nacht bei ihr. Sie warf ihm vor, sie zu hintergehen. Wenn sie sich also nicht versöhnen, auf was ich nicht warten würde, werden wir ihn nicht identifizieren können, indem wir Evelyn Treadstone überwachen."

„Scheiße!", fluchte Jay. „Jetzt sind wir wieder bei Null."

Olivia stand von dort auf, wo sie mit ihrem Computer gesessen hatte. „Vielleicht doch nicht."

Er beobachtete, wie sie näherkam. „Was meinst du damit?"

„Erinnerst du dich, als du mir beim Telefonieren mit meiner Schwester zugehört hast und dachtest, ich wollte dich umbringen?", fragte sie.

„Ja, aber was hat das mit Smith zu tun?"

Auch Fox und Michelle kamen näher, um zu hören, was Olivia vorschlug.

„Das hat mich auf eine Idee gebracht. Smith hat meine Wohnung verwanzt, was bedeutet, dass er alles mithören kann. Und er hat keine Ahnung, dass wir wissen, dass er alles aufzeichnet, was in meinem Haus passiert. Wir können ihm eine Falle stellen."

Langsam dämmerte es Jay. Ihm wurde klar, was Olivia vorschlug. „Das ist zu gefährlich."

„Ist es nicht", protestierte sie. „Er hat keine Ahnung, dass wir wissen, dass er mich irgendwie mit dir verbunden hat. Das können wir ausnutzen und etwas für ihn inszenieren. Es ist einfach. Und dann kontrollieren wir das Wo und Wann. Wir haben die Oberhand.“

Jay gefiel die Idee nicht.

„Sie ist schlau“, sagte Ace mit einem Seitenblick auf Jay. „Und es würde uns definitiv einen Vorteil verschaffen. Es wird einfach sein, Olivia im Auge zu behalten.“

„Was, wenn etwas schiefläuft?“, fragte Jay.

„Das wird es nicht.“ Ace deutete zu den anderen Agenten und ihren Freundinnen. „Wir sind ihm zahlenmäßig überlegen. Und mit der richtigen Verkleidung wird er uns nicht entdecken, und wir können ihn verfolgen, bis er uns zu seinem Auto, seinem Haus oder seinem Büro führt. Das ist unsere Chance, ihn zu identifizieren.“

Jay sah Olivia an und hielt ihrem entschlossenen Blick stand. „Na gut. Wir machen's. Gleich morgen früh.“

Kurz bevor sie ihr Cottage betrat, schaltete Olivia ihr Handy wieder ein. Es war eine Vorsichtsmaßnahme für den Fall, dass Smith ihr

Telefon verfolgte. Sie hatte es nicht mehr eingeschaltet, seit Jay das Auto gestohlen hatte, nachdem sie mit ihren Eltern zu Mittag gegessen hatte.

Mit der ledernen Reisetasche, die sie für ihren kurzen Aufenthalt im Hotel verwendet hatte, betrat sie ihr Zuhause und tat, was sie normalerweise tat, wenn sie nach Hause kam. Jay hatte ihr gesagt, sie solle sich so normal wie möglich verhalten. Olivia warf ihre Tasche auf den Boden und hob dann die Post auf, die sich auf dem Boden des Eingangs angesammelt hatte. Das meiste davon warf sie direkt in den Müll – Werbung und Coupons von einem örtlichen Supermarkt.

Sie ging zum Kühlschrank, holte eine Flasche Wasser heraus und nahm einen großen Schluck, ohne ein Glas zu verwenden.

Als ihr Handy klingelte, wusste sie, wer es war, bevor sie überhaupt auf das Display sah. Sie zog es aus ihrer Handtasche und klickte dann auf *Annehmen*.

„Oh, hey, Jay!", sagte sie fröhlich, schaltete ihn dann auf Lautsprecher, während sie die Wasserflasche zurück in den Kühlschrank stellte und einen Schrank öffnete. Sie schnappte sich eine Packung Kekse und suchte nach einer Schere, um sie zu öffnen.

„Wo warst du? Ich habe gestern den ganzen Tag versucht, dich zu erreichen", sagte Jay.

„Ich habe dir doch gesagt, dass meine Eltern noch hier waren. Also blieb ich einen Tag länger mit ihnen in D.C."

„Du hättest wenigstens meine Anrufe annehmen können."

„Tut mir leid, aber mein Akku ging nicht mehr. Ich meine, er war total kaputt, nicht nur leer. Ich musste einen Laden finden, um den richtigen Ersatzakku zu bekommen." Diese Aussage würde Smith eine Erklärung geben, warum ihr Handy fast zwei Tage lang ausgeschaltet war.

„Da bin ich aber erleichtert. Als ich dich nicht erreichen konnte ... naja, jedenfalls wollte ich nur Hallo sagen."

„Es tut gut, deine Stimme zu hören. Ich dachte, weißt du, ich habe nichts im Kühlschrank und ich muss zurück nach D.C., weil ich vergessen habe, das Buch abzuholen, das ich in der Fachbuchhandlung in der Nähe von

Dupont Circle bestellt hatte, also wie wäre es mit einem Mittagessen in der Stadt?"

„Ähm, ja, ich bin mir nicht sicher ... ich bin ziemlich beschäftigt", sagte Jay.

„Ach komm schon, nur eine Stunde. So beschäftigt kannst du auch wieder nicht sein. Da ist dieses französische Bistro in der 14th Street. Es heißt *Le Diplomate* und hat eine schöne Terrasse. Warum treffen wir uns nicht dort, sagen wir um zwölf Uhr?"

„Na, okay, ich sollte wahrscheinlich sowieso was essen."

„Großartig! Ich kann es kaum erwarten, dich zu sehen. Und bitte komm nicht zu spät wie beim letzten Mal. Ich hasse es, zu warten. Vor allem in einem Restaurant. Es ist so peinlich." Sie schmollte.

„Ich werde dort sein."

„Bis dann." Olivia beendete das Gespräch und ging in ihr Schlafzimmer, um sich umzuziehen.

27

Jay hatte das Restaurant *Le Diplomate* in der 14th Street im Cardozo-Viertel von Washington D.C. gewählt, weil es während des Mittag- und Abendessens eine belebte Gegend war. Dort gab es in jedem Block der sechs Blocks langen Geschäftsstraße mehrere Restaurants mit Sitzgelegenheiten im Freien. Es gab nur zwei Metrostationen, die leicht zu Fuß zu erreichen waren, Dupont Circle und U-Shaw Howard. Es war jedoch möglich, dass Smith mit dem Auto auftauchte, wenn er zuversichtlich war, dass er einen Parkplatz finden konnte.

Jay war auf alles vorbereitet. Er trug einen

fetten Anzug, wie Schauspieler ihn trugen, damit er wie ein stämmiger Mann in den Sechzigern aussah, mit grauen Haaren, buschigen grauen Augenbrauen und einem Stoppelbart. Bekleidet mit einer zu weiten Hose und einem lässigen langärmligen Hemd saß er in einem roten Auto mit einem Uber-Aufkleber im Fenster.

Yankee war ebenfalls verkleidet und nicht einmal Jay hätte ihn erkannt. Er hatte lange dunkelbraune Haare, eine John-Lennon-Brille und sah aus wie ein zerstreuter Professor. Er saß an einem der Außentische von *Le Diplomate*, einen Teller voll Essen vor sich, während er ein Buch las. Sein Moped war im selben Block geparkt.

Auch Ace und Phoebe waren verkleidet, obwohl Phoebes schwangerer Bauch deutlich zu sehen war. Sie nutzten diese Tatsache gut aus, trugen ein paar Taschen aus örtlichen Boutiquen und stöberten weiter in den Geschäften entlang der Straße.

Fox sah aus wie der typische Tourist, mit einem Selfie-Stick in der Hand, einem Reiseführer, der aus seiner Jackentasche ragte, einer Sonnenbrille und einer Baseballmütze auf dem Kopf. Er trug Shorts, ein T-Shirt aus Washington D.C. und Turnschuhe.

Sogar Lilly war an der Überwachung beteiligt. Sie trug einen Business-Anzug und sah aus wie eine erfolgreiche Frau, die in einem Büro arbeitete und deren Handy an ihrem Ohr klebte. Auch sie trug eine Perücke und eine dunkle Brille, damit Smith sie nicht erkennen konnte.

Michelle war in der Villa geblieben und koordinierte die Kameras und Kommunikationsgeräte, die jeder versteckt an seiner Kleidung trug. Die Ohrmuscheln, die sie trugen, waren entweder, wie bei Yankee, Lilly und Phoebe, geschickt von langen Haaren verdeckt oder mit Knetmasse bedeckt, die zu ihrer jeweiligen Hautfarbe passte.

Sie waren alle eine Stunde vor Olivias Verabredung mit Jay angekommen, da sie wussten, dass Smith versuchen würde, vor Olivia einzutreffen, um die Gegend zu erkunden und die beste Position zu finden, von wo aus er auf Jays Ankunft warten konnte. Jay nahm an, dass auch Smith in irgendeiner Art von Verkleidung kommen würde, obwohl er sich nicht vorstellen konnte, dass dessen Verkleidung so aufwendig sein würde wie die von Jay und seinen Freunden.

Olivia kam ein paar Minuten vor zwölf Uhr im Restaurant an und bekam einen Tisch auf der Terrasse mit Blick auf die Straße, in der Nähe von Yankee. Yankee bat die Kellnerin um die Rechnung, damit er bei Bedarf bereit war zu gehen.

Jay kommunizierte mit den anderen über seine Ohrmuschel. Olivia war die Einzige, die keine trug. Das Risiko, dass Smith Überwachungsgeräte bei ihr entdecken könnte, war zu groß.

„Seht ihr ihn schon?", fragte Jay und sprach leise in sein Mikrofon.

„Negativ", antwortete Ace.

Dieselbe Antwort erhielt er von allen anderen, außer von Fox.

„Ich habe vielleicht etwas. Der Typ im Anzug und mit der Sonnenbrille, der auf den Zeitungsständer direkt vor dem Supermarkt schaut."

Jay stellte seinen Rückspiegel so ein, dass

er den Bürgersteig direkt vor dem Supermarkt hinter sich erfassen konnte. Dort war tatsächlich ein Mann, der die Zeitungen und Zeitschriften durchsah. Er nahm eine, ging in den Laden, vermutlich um zu bezahlen, und kam einen Moment später wieder heraus. Anstatt wegzugehen, hing er dort herum und tat so, als würde er lesen, während sein Blick über die Straße zu dem Restaurant wanderte, in dem Olivia auf der Terrasse saß.

Trotz der Sonnenbrille erkannte Jay ihn. „Das ist er. Ihr wisst alle, was ihr tun müsst. Michelle, die Uhr läuft."

„Verstanden", sagte Michelle durch die Ohrmuschel.

In den nächsten fünfzehn Minuten gingen Ace und Phoebe von Boutique zu Boutique, während Fox die Speisekarten verschiedener Restaurants durchging, als würde er nach dem besten Angebot suchen, und Lilly einen Espresso in einem Café bestellte und sich auf einen Stuhl davorsetzte, und in ihren Terminkalender kritzelte, als würde sie wichtige geschäftliche Notizen machen. Jay saß weiter im Auto und tat so, als würde er auf seine nächste Fahrt warten, und Yankee bezahlte seine Rechnung im Restaurant, aber er hatte sein Getränk noch nicht ausgetrunken, also blieb er sitzen.

Während dieser fünfzehn Minuten schaute Olivia mehrmals auf die Uhr, und als die Kellnerin sie fragte, ob sie etwas bestellen wolle, bestellte sie eine Limonade und sagte ihr, dass sie auf einen Freund wartete und bestellen würde, wenn er käme. In der Zwischenzeit bewegte sich auch Smith. Er ging zu *Etto's*, dem Restaurant, das Olivias am nächsten lag, und schaute auf die Speisekarte, die draußen ausgehängt war, während er einen Blick auf Olivia warf. Als ihn eine Kellnerin fragte, ob er einen Tisch haben möchte, lehnte er ab und sagte, er sei noch nicht bereit zu essen.

Nach zwanzig Minuten verkündete Michelle über das Kommunikationssystem: „Bereit zum Abspielen?"

„Es geht los", sagte Jay.

Einen Moment später hörte er das Klingeln eines Telefons in seinem Ohr und sah, dass Olivia ihr Handy nahm und den Anruf mit einem Seufzer entgegennahm.

„Wo bist du?", fragte Olivia ungeduldig.

Dann begann die Aufnahme zu spielen, die er zuvor vorbereitet hatte, und er hörte seine eigene Stimme durch die Hörmuschel.

„Es tut mir leid, Baby, mir ist etwas dazwischengekommen."

„Was meinst du damit, dir ist etwas dazwischengekommen? Ich warte hier schon seit fast einer halben Stunde."

„Ich schaffe es heute einfach nicht. Es ist zu viel los. Es tut mir leid. Ich werde es wiedergutmachen."

„Das ist jetzt das dritte Mal, dass du mich versetzt hast. Weißt du was, Jay? Vergiss es! Du bist den Aufwand einfach nicht wert. Ruf mich nicht mehr an."

„Aber Olivia ..."

Olivia beendete das Gespräch und legte das Telefon genervt auf den Tisch. Jay war stolz auf sie. Sie hatte ihren Text gelernt und mit perfektem Timing vorgetragen. Er glaubte zwar nicht, dass Smith von seinem Standort aus jedes Wort ihres Gesprächs hören konnte, aber es war möglich, dass er ihr Telefon abhörte, weshalb die Aufzeichnung von Jays Seite des Gesprächs notwendig gewesen war.

Während Olivia ihr Getränk bezahlte und dann aufstand, um zurück zur Metrostation zu gehen, wandte sich Smith in die andere Richtung ab.

„Er ist unterwegs", bestätigte Jay.

Jay wartete geduldig, als Smith an seinem Auto vorbeiging, dann ließ er den Motor an, aber er fuhr nicht sofort aus seiner Parklücke. „Ace, er biegt in die Corcoran Street ein."

„Ich sehe ihn", antwortete Ace. „Er steigt in einen verbeulten weißen Ford Taurus ein." Dann las Ace das Nummernschild vor.

„Welcher Staat?", fragte Michelle sofort.

„West Virginia."

„Mach mich dran", bestätigte Michelle.

„Er ist im Auto", bestätigte Ace.

„Ich kann ihn sehen", sagte Yankee, der jetzt auf seinem Moped saß. „Er biegt an der 13th Street in Richtung Logan Circle ab."

„Ich mach mich zum Logan Circle auf", sagte Jay und fuhr los.

An der Ecke holte Jay Ace und Phoebe ab. Sie stiegen hinten in den Wagen ein, als seien sie bezahlende Fahrgäste. Yankee folgte Smith mit seinem Moped, während Fox bestätigte, dass er mit Lilly in einen weißen Van stieg.

Als sie Smith durch die Stadt folgten, übergaben sie sich in regelmäßigen Abständen gegenseitig die Überwachung, sodass das gleiche Fahrzeug Smith nie länger als zwei oder drei Blocks auf den ruhigen Straßen beziehungsweise fünf oder sechs Blocks auf den belebteren folgte, genauso, wie sie es in Camp Peary gelernt hatten. Mit drei verschiedenen Fahrzeugen, die Smith folgten – einem Lieferwagen, einer gefälschten Uber-Limousine und einem Moped – war Jay zuversichtlich, dass Smith sie nicht entdecken würde.

„Ich habe einen Namen vom Nummernschild", sagte Michelle plötzlich durch das Kommunikationssystem. „Das Auto ist auf eine Katherine Snell zugelassen; sie lebt in Inwood, West Virginia. Aber laut dem Führerschein der Frau ist sie 84 Jahre alt und fährt nicht mehr Auto. Ich denke, das Auto könnte gestohlen sein. Es tut mir leid."

„Mist!", zischte Jay.

„Nicht so schnell", sagte Fox durch den Hörer. „Baby, kannst du nachsehen, ob sie Verwandte hat? Söhne, Neffen, Enkel? Vielleicht hat sie das Auto einem von ihnen gegeben?"

„Ich überprüfe es", antwortete Michelle.

„Da", sagte Ace nun. „Er fährt in die Tiefgarage dieses Wohngebäudes an der Ecke."

Jay fuhr einfach daran vorbei. „Fox, Lilly, ihr seid dran."

„Wir haben ihn", antwortete Fox.

Jay gab Michelle die Adresse. „Michelle, sieht so aus, als gäbe es in diesem Gebäude sechs oder acht Eigentumswohnungen. Finde die Liste der Besitzer." Er hielt den Wagen einen Block entfernt in einer Seitenstraße an.

„Mache ich", antwortete Michelle.

„Ich fahre vorbei", sagte Fox. „Ich drehe eine Runde um den Block. Yankee?"

„Ich bin zwei Blocks weiter zurück", bestätigte Yankee. „Ich habe das Garagentor im Blick. Ich habe am Bordstein angehalten. Bleibt vorerst außer Sichtweite."

Ein paar Minuten vergingen, ohne dass etwas passierte, bis Yankee plötzlich sagte: „Das Garagentor öffnet sich wieder. Ein schwarzer SUV fährt heraus und kommt auf mich zu."

„Ich hänge mich zwei Blocks weiter an ihn ran", sagte Fox. „Kannst du das Nummernschild lesen?"

„Negativ", sagte Yankee. „Kein Nummernschild vorne am Auto. Aber der Fahrer ist auf jeden Fall Smith."

Jay machte in einer Seitenstraße eine Kehrtwende und fuhr den Weg zurück, von wo er gekommen war, und folgte in die Richtung, in die der Geländewagen gefahren war. Bevor er ihn erreichte, sah er Fox' Lieferwagen.

„Michelle, ich habe das Nummernschild", sagte Fox und nannte das Kennzeichen. „Das ist ein Nummernschild aus Virginia."

„Verstanden", bestätigte Michelle.

„Jay, übernimm für mich", sagte Fox und setzte seinen Blinker, um in eine Seitenstraße abzubiegen.

„Ich bin an ihm dran", sagte Jay.

Als der Verkehr dichter wurde, hielt Jay die anderen über die Bewegungen des Geländewagens auf dem Laufenden, und hielt sich weit genug entfernt, damit Smith nicht misstrauisch wurde. Immer wieder wechselte er die Positionen mit Fox und Yankee.

„Er fährt auf die Autobahn", sagte Fox.

„Das war's dann für mich", sagte Yankee. „Ich fahre zurück zur Villa."

„Roger, Yankee", sagte Ace.

Nach einigen Minuten auf der Autobahn in Richtung Westen fügte Ace hinzu: „Michelle, hast du was über das Nummernschild gefunden?"

„Ja, na ja, das heißt, es ist eine gesperrte Nummer. Also ist er entweder von der Polizei oder ..."

„CIA", sagte Jay und deutete auf die Autobahnschilder, die anzeigten, wohin sie fuhren. „Er fährt nach Langley."

„Unsere Vermutungen waren also die ganze Zeit richtig. Smith arbeitet für die CIA."

„Das würde das gesperrte Nummernschild erklären", sagte Fox.

„Also sind wir in einer Sackgasse?", fragte Phoebe.

„Nein", unterbrach Michelle. „Ich habe die Liste der Wohnungseigentümer. Ein Name sticht heraus. Katherine Snell, die alte Frau, der der Ford Taurus gehört."

„Okay, wir sollten sie uns mal genauer ansehen", sagte Jay. „Smith muss irgendwie mit ihr verbunden sein."

„Ich fange an zu graben."

Als Smith die Ausfahrt nach Langley nahm, folgten Jay und Fox ihm. Minuten später war klar, dass er tatsächlich auf das Hauptquartier der CIA in Langley zusteuerte. Als Jay sah, wie Smiths Geländewagen in die Straße abbog, die zum CIA-Gelände führte, fuhr er daran vorbei.

„Wir treffen uns Zuhause", beschloss Jay. „Das war es für heute."

Als sie alle wieder in Aces Villa ankamen, erwartete Yankee sie bereits. „Michelle hat Neuigkeiten." Er führte sie in den Computerraum. Der Wandmonitor zeigte einen Führerschein mit Smiths Bild.

„Darf ich vorstellen? John Bancroft", sagte Michelle. „Sein Führerschein stammt aus West Virginia, deshalb bekamen wir keine Treffer, da wir uns nur in die Zulassungsstellen von D.C., Maryland und Virginia gehackt haben."

„Ja!", rief Jay aufgeregt. „Wir haben den

Bastard.“

„Das ist noch nicht alles“, sagte Michelle mit einem Grinsen. „Er ist der Neffe von Katherine Snell, auf deren Namen der Ford Taurus zugelassen ist und der die Eigentumswohnung in D.C. gehört. Aber ich bin mir ziemlich sicher, dass die alte Dame nicht dort wohnt. Die registrierte Adresse des Ford Taurus ist in Inwood, West Virginia, und nach den Stromrechnungen des Hauses dort zu urteilen, wohnt sie immer noch in West Virginia. Ihr Neffe benutzt wahrscheinlich ihren Namen als Tarnung für sein Safehouse, denn diese Eigentumswohnung ist nicht die einzige Immobilie, die ich mit ihm in Verbindung bringen kann.“

Fox grinste und legte seinen Arm um Michelles Schulter. „Schaut euch mein Hackermädchen an.“ Er küsste sie auf die Wange.

„Obwohl die Adresse auf Smiths Führerschein zum Haus seiner Tante in West Virginia gehört, habe ich ein Haus gefunden, das einem John Bancroft in Fort Washington, Maryland, gehört. Das Haus überblickt den

Potomac." Sie sah Fox an. „Kommt dir das bekannt vor?" Sie rief ein Google-Bild der Adresse auf, die sie gefunden hatte.

„Oh mein Gott", sagte Fox und zeigte auf das große Haus mit der riesigen Holzterrasse zum Fluss hin. Auf dem Wasser waren mehrere Boote zu sehen. „Das ist es."

„Was ist es?", fragte Jay verwirrt.

Fox sah ihn an. „Das ist das Haus aus meiner Vorahnung, das Haus, in dem ich bin, wenn die Explosion stattfindet. Ich bin bei Smith zu Hause. Er ist derjenige, der mir das Getränk gibt, das mich lähmt, also kann ich nichts tun, um die Katastrophe zu verhindern."

Ace klopfte Fox auf die Schulter. „Wir sind jetzt nah dran. Wir können Smith aufhalten, sobald er uns zu Jones führt."

Jay nickte und wechselte aufmunternde Blicke mit seinen Agentenkollegen. „Die Tage dieses Bastards sind gezählt."

Ace grinste ihn an. „Bald wird es Gerechtigkeit geben."

„Auf die Gerechtigkeit", sagte Jay und die anderen wiederholten die Worte.

„Auf die Gerechtigkeit."

28

Olivia war zurück in ihrem Häuschen und verbrachte den ganzen Nachmittag mit eingeschaltetem Fernseher als Hintergrundgeräusch. Sie trat immer noch für Smith auf und spielte die genervte Freundin, die endlich genug von dem Mann hatte, der sie einmal zu oft auf die Palme gebracht hatte. Auf dem Heimweg hatte sie ihrer Schwester eine Nachricht hinterlassen, weil sie Grace brauchte, um den letzten Teil ihres Plans, Smith zu täuschen, zum Abschluss zu bringen.

Als ihre Schwester am frühen Abend endlich zurückrief, holte Olivia tief Luft, nahm den Anruf entgegen und stellte ihn auf Lautsprecher. „Hey, Schwesterchen. Wie sind die Flitterwochen?"

„Fabelhaft. Aber wie geht es dir? Mom hat erzählt, du hast einen tollen Typen kennengelernt." Grace kicherte. „Na ja, in Wirklichkeit hat sie gesagt, dass du versucht hast, ihn in deinem Hotelzimmer zu verstecken. Mädel! Warum hast du mir nicht gesagt, dass du jemanden datest?"

Olivia hatte sich darauf verlassen, dass ihre Mutter Grace den neuesten Klatsch erzählte, und dass Grace das Gespräch sofort in diese Richtung lenken würde.

„Tja, ich wünschte, Mom hätte nichts gesagt."

„Warum nicht? Sie hat gesagt, er sieht sehr gut aus."

„Ja, das stimmt schon. Aber er ist auch total unzuverlässig. Deshalb hatte ich ihn bisher nicht erwähnt."

Grace seufzte. „Die meisten Männer sind ein bisschen unzuverlässig."

„Das weiß ich, aber Jay ist schlimmer als alle Typen, mit denen ich bisher ausgegangen bin. Ich meine, der Sex ist großartig, versteh mich nicht falsch. Aber er ist immer so verschwiegen und wir machen Pläne und dann taucht er einfach nicht auf und ruft mich viel später an, um mir mitzuteilen, dass er sich verspätet hat und absagen muss. Totaler Blödsinn."

„Oh, tut mir leid, Liv. Mom dachte, du hättest endlich einen netten Kerl gefunden."

Olivia seufzte schwer. „Ja, ich auch. Aber wenn er jetzt schon so anfängt und mich anlügt und Ausreden erfindet, wird es später nur noch schlimmer. Weißt du? Ich brauche solche Probleme nicht in meinem Leben. Also habe ich ihm gesagt, dass es vorbei ist."

„Das tut mir leid. Ich wünschte, ich wäre da und wir könnten etwas trinken gehen. Bist du okay?"

Sie zuckte mit den Schultern. „Werde ich schon sein. Ganz sicher. Aber ich brauche einen Tapetenwechsel."

„Ein bisschen Urlaub? Den verdienst du. Du hast in letzter Zeit so hart gearbeitet."

„Ja, ein bisschen mehr als nur Urlaub. Weißt du noch, als wir vor ein paar Monaten darüber gesprochen haben, eines Tages nach Japan zu reisen, um zu sehen, woher Dads Großeltern stammen?"

„Ich wünschte, wir hätten diese Reise zusammen machen können, aber Tim ..."

„Nein, nein, das weiß ich doch. Ihr seid jetzt ein Paar. Du kannst nicht einfach mit mir auf irgendeine Reise gehen. Aber ich dachte mir, worauf warte ich denn eigentlich? Ich kann meine Arbeit von überall auf der Welt erledigen. Warum also nicht von Japan aus? Ich könnte gleichzeitig in die Kultur eintauchen und mein Japanisch auffrischen."

„Bist du dir sicher? Warum sprichst du nicht mit Mom und Dad und fragst, ob sie mitkommen wollen?"

„Ich will einmal in meinem Leben ein Abenteuer erleben, weißt du? Also habe ich heute Flüge nachgeschaut und es gab ein paar Last-Minute-Flüge, die spottbillig waren. Ich habe gleich einen gebucht. Für morgen."

„Morgen? Bist du verrückt?"

„Du sagst doch immer, ich sei nicht spontan genug. Jetzt bin ich spontan."

„Bist du sicher, dass du das nicht nur machst, weil es mit Jay nicht geklappt hat?"

Olivia zuckte mit den Schultern. „Und wenn? Es ändert nichts daran, dass ich schon immer mal nach Japan wollte. Und wer weiß, vielleicht finde ich einen netten Japaner?"

Grace lachte. „Hast du es Mom und Dad schon erzählt?"

„Ich rufe sie von Tokio aus an. Sonst werden sie versuchen, es mir auszureden. Und bevor ich es vergesse, mein Handy funktioniert in Japan nicht. Ich besorge mir dort eine neue SIM-Karte, wenn ich ankomme. Mach dir also keine Sorgen, wenn du mich nicht sofort telefonisch erreichen kannst. Wenn es etwas Dringendes gibt, schreib mir einfach eine E-Mail."

„Sieht aus, als hättest du dich entschieden. Und ich kenne dich besser, als dir das auszureden. Das hat noch nie funktioniert. Also, versprich mir etwas, Schwesterchen: Sei vorsichtig, schick mir viele Updates und hab vor allem viel Spaß."

„Das mache ich. Ich habe dich lieb, Grace."

„Ich habe dich auch lieb."

„Sag deinem Ehemann, er soll dich gut behandeln." Tränen stiegen ihr jetzt in die

Augen, denn dies würde wirklich ein Abschied sein, bis es wieder sicher war, in ihr altes Leben zurückzukehren.

„Das mache ich", sagte Grace.

Olivia beendete das Gespräch und schniefte und wischte sich die Tränen ab.

Dann ging sie in ihr Schlafzimmer und fing an, alles zu packen, was sie für die nächsten Monate brauchen würde. Ihr Häuschen zu verlassen und ihre Familie nicht sehen zu können, würde bittersüß sein. Aber die List war notwendig, damit Smith nicht herausfand, dass Jay und die anderen Ex-CIA-Agenten ihm auf der Spur waren.

Es war früh am Morgen, als Olivia aufstand und sich zum Aufbruch fertig machte. Sie hatte nicht gut geschlafen, obwohl sie wusste, dass Jay nicht weit entfernt war und sie beobachtete, bereit einzugreifen, falls Smith unerwartet auftauchen sollte.

Ein Uber brachte sie zum Dulles International Airport. Der Wagen setzte sie vor der Abflughalle ab und der Fahrer hob ihre beiden Koffer aus dem Kofferraum.

„Guten Flug", sagte er.

„Vielen Dank." Sie nahm ihre Koffer und rollte sie in die Abflughalle, wo die Check-in-Schalter von Japanese Airlines damit beschäftigt waren, Passagiere abzufertigen. Sie ging an den Ticketschaltern vorbei zu den Rolltreppen und folgte den Schildern zur Ankunftsebene.

In der Ankunftshalle des Flughafens rollte sie ihre Koffer zum Schild für den Bodentransport und ging durch die erste Doppeltür, die nach draußen führte. Dort warteten angekommene Passagiere auf Taxis, Flughafen- und Hotel-Shuttles oder darauf, dass Freunde oder ein Uber sie abholten.

Olivia bahnte sich einen Weg durch die Menge der Passagiere eines gerade gelandeten Flugzeugs und steuerte zum entferntesten Ende der Abholzone. Dort blieb sie stehen. Sie hatte sich das Nummernschild des Autos eingeprägt, das sie abholen würde. Schweiß sammelte sich jetzt auf ihrem Nacken, sowohl von der schwülen Hitze des frühen Morgens als auch von ihrer Nervosität.

Ein unscheinbares silbernes Auto hielt an und Olivia sah auf das Nummernschild. Es stimmte mit der Nummernfolge überein, die sie auswendig gelernt hatte. Die Fahrertür öffnete sich und ein großer schwarzer Mann stieg aus und ging um das Auto herum. Sie musterte ihn von oben bis unten. Er war so groß wie Jay, aber er war dick, mindestens vierzig Kilo schwerer und hatte graues Haar und ein rundes Gesicht.

„Ma'am?", begrüßte er sie und griff nach den Koffern.

„Danke", sagte sie lächelnd und beobachtete ihn, als er das Gepäck in den Kofferraum hob.

Als er diesen schloss, stieg Olivia ins Auto, setzte sich auf den Rücksitz und stellte ihre Handtasche und ihre Computertasche neben sich auf die Sitzbank.

Augenblicke später stieg der Fahrer wieder ins Auto und sie fuhren los.

„Zeit, das Handy auszuschalten", sagte er mit einem tiefen Südstaaten-Akzent.

Sie schaltete ihr Telefon aus. Wenn Smith das Handy verfolgte, würde er denken, dass sie in das Flugzeug stieg. „Danke, dass Sie mich daran erinnern, Sir."

„Sir?", fragte er mit einem Glucksen. „Du nennst mich also nicht mehr bei meinem Namen? Ich glaube, wenn wir das nächste Mal im Bett sind, sollte ich dich bitten, mich Sir zu nennen." Dann fügte er hinzu, jetzt mit einer anderen Stimme: „Das könnte lustig werden."

„Jay!"

„Hey, Baby."

„Ich habe dich überhaupt nicht erkannt." Er hatte sich total verwandelt.

„Das war Absicht. Nicht, dass ich glaube, dass Smith dir gefolgt ist. Aber Ace behält ihn trotzdem im Auge."

Sie stieß einen erleichterten Seufzer aus. „Ich habe dich letzte Nacht vermisst."

„Ich dich auch. Aber es war notwendig." Er begegnete ihrem Blick im Rückspiegel. „Wir werden es heute Abend nachholen."

Das Versprechen, das sie in seinen Augen lesen konnte, entschädigte sie für all die Angst, die sie in den letzten zwei Tagen gehabt hatte.

Nach einer halben Stunde fuhr Jay in ein Parkhaus, wo Yankee, als Krankenpfleger verkleidet, mit einem weißen Lieferwagen mit Aufklebern, die den Wagen als Krankentransportfahrzeug kennzeichneten, auf sie wartete.

Yankee brachte ihr Gepäck im Lieferwagen unter, während Jay die Fingerabdrücke im Innenraum und an den Türen des silbernen Autos abwischte, bevor er die Nummernschilder entfernte und sie mitnahm. Unter den Nummernschildern befanden sich andere, die tatsächlich zu dem gestohlenen Auto gehörten.

„Lasst uns verschwinden", befahl Yankee.

Olivia saß mit Jay hinten im Van, während Yankee fuhr.

Jay legte seine Arme um Olivia und küsste sie. „Alles ist gut gegangen. Smith hat keine Ahnung, dass wir ihn ausgetrickst haben. Wir wissen jetzt, wer er ist. Und er arbeitet für die CIA, genau wie wir vermutet haben."

„Ich bin froh, dass es funktioniert hat. Aber was, wenn Smith merkt, dass ich nicht nach Japan geflogen bin? Wird er dann nicht vermuten, dass es nur ein Trick war?"

„Er wird nicht merken, dass du nie in Tokio angekommen bist. Fox hat alles, um sich in die Aufzeichnungen der Fluggesellschaft zu hacken, um zu zeigen, dass du den Flug genommen hast und sicher gelandet bist. Er wird sogar die Aufzeichnungen der japanischen Behörden fälschen, um zu zeigen, dass du die Einwanderungs- und Zollkontrolle durchlaufen hast. Mach dir keine Sorgen. Er ist gut. Den offiziellen Dokumenten zu urteilen, wohnst du ab morgen nicht mehr in den USA. Und Smith hat keinen Grund, etwas anderes zu vermuten."

„Das wird ihn sauer machen", sagte Yankee vom Fahrersitz aus.

Olivia kicherte. „Ihr seid so gut in dem, was ihr tut."

Jay wackelte mit seinen grauen Augenbrauen. „Na ja, wir sind Geheimagenten, weißt du, das gehört zu unserem Job."

Dann brachte er ihr Kichern mit einem Kuss zum Schweigen und sie wehrte sich nicht dagegen.

29

Jay zog die Tür zu seinem Zimmer in Aces Villa hinter sich zu. Sie hatten ein paar offene Probleme gelöst und dafür gesorgt, dass Smith – oder besser gesagt John Bancroft – keine Ahnung hatte, dass sie ihm auf den Fersen waren. Aber sie hatten auch gefeiert. Zum ersten Mal seit vielen Jahren gab es Hoffnung, dass sie ihre Feinde aufhalten und sicherstellen konnten, dass die Weltuntergangsvorahnung, die sie alle in ihren Träumen sahen, niemals eintreten würde.

Jay zog sich im Dunkeln aus, weil er Olivia

nicht wecken wollte. Nackt schlüpfte er unter die Decke, als er spürte, wie Olivia sich regte.

„Jay?", murmelte sie und drehte sich um.

Er griff nach ihr und stellte fest, dass auch sie nackt war. Unfähig zu widerstehen, zog er sie in seine Arme. „Ich wollte dich nicht wecken."

Sie strich mit ihren Händen über seinen Oberkörper, griff zwischen seine Beine und berührte seinen Schwanz. Sie streichelte ihn sanft, und er spürte schon, wie Blut in sein Glied strömte. Sie lagen auf der Seite, einander zugewandt.

„Ich sollte dich schlafen lassen", murmelte er, bevor er ihre Lippen eroberte und sie zärtlich küsste. Olivia antwortete mit einem leisen Stöhnen und ihre Hand auf seinem Schwanz ruhte, aber der Schaden war bereits angerichtet: Er war hart und er würde keinen Schlaf finden, bis er das Verlangen gestillt hatte, das Olivia in ihm geweckt hatte.

Er streichelte ihre Brüste, knetete sie mit seinen Handflächen, drückte das geschmeidige Fleisch und entlockte dessen Besitzerin sanfte Seufzer, während er einen Schenkel zwischen ihre Beine schob und an ihrer Muschi rieb. Warmer Tau regnete auf seine Haut und zeigte ihm, dass Olivia bereit war, ihn zu nehmen.

Er löste den Kuss. „Sag mir, gibt es Zeiten, in denen du nicht scharf auf Sex bist?"

Sie rieb sich an seinem Oberschenkel. „Wenn ich mit dir zusammen bin, kann ich an nichts anderes denken, als dich in mir zu haben."

„Und warum?", fragte er. Er zog sein Bein zurück, brachte seine Hand zu ihrer feuchten Spalte und streichelte über ihr warmes Fleisch.

Olivia seufzte zufrieden. „Mit dir fühle ich mich wie mit niemand anderem zuvor."

Er strich mit seinem Finger nach oben, bis er ihre Klitoris fand.

Ein Stöhnen entkam ihren Lippen. „Ach, genau so." Sie hob ihre Wimpern, um ihm in die Augen zu sehen. „Neulich abends hast du gesagt, du hättest kein Recht, mich zu bitten, eine Beziehung mit dir einzugehen. Aber das war, bevor wir wussten, dass Smith mich bereits mit dir in Verbindung gebracht hatte. Also habe ich mich gefragt, ob du mich jetzt bitten würdest, eine Beziehung mit dir einzugehen? Wo wir doch jetzt beide auf der Flucht sind."

„Und was würdest du sagen, wenn ich dich jetzt fragen würde?"

„Ich würde sagen, was ich neulich Abend schon sagen wollte."

„Und was wäre das?"

„Dass ich dich liebe."

Sein Herz fühlte sich an, als würde es platzen. „Olivia, ich kann dir gar nicht sagen, wie glücklich du mich machst, dass du das sagst." Er küsste sie leidenschaftlich. „Ich liebe dich."

Sie lächelte ihn an. „Warum zeigst du mir dann nicht, wie sehr du mich liebst?" Sie legte ihre Hand auf seinen steinharten Schwanz und drückte ihn.

„Sag mir, wie du es willst." Denn solange er seinen schmerzenden Schwanz in ihre weiche Muschi versenken konnte, war es ihm egal, wie.

„Ich fand es toll, wie du mich im Eingang gegen die Wand genommen hast. Es war so wild, so ursprünglich."

Er erinnerte sich genau, warum es sich so angefühlt hatte. „Damals dachte ich, du wolltest mich umbringen. Ich habe versucht, dich davon zu überzeugen, dass ich lebendig viel mehr von Nutzen sein kann als tot."

„Das hat mir gefallen. Ich mag es, zu spüren, wie stark du bist, und dass ich dir nicht entkommen kann."

„Fuck, Baby, kein weiteres Wort oder ich werde kommen, bevor ich überhaupt in dir bin." Denn das Bild, das sie mit ihren Worten malte, machte ihn an wie nichts je zuvor.

Er warf die Laken zurück und stieg aus dem Bett, dann half er Olivia auf. Er küsste sie heftig, dann drehte er sie gegen die Wand neben dem Bett.

„Stütze deine Hände an der Wand ab", befahl er.

Er beobachtete, wie sie seiner Anweisung folgte und dann ihre Beine spreizte, ihr schöner Hintern zeigte auf ihn.

„So?", fragte sie unschuldig.

Er berührte beide Pobacken und senkte sein Gesicht zu ihrem Hals. „Du weißt genau wie."

Jay beugte seine Knie und justierte seinen Schwanz. Als die Spitze seiner Erektion den Eingang zu Olivias Körper berührte, holte er tief

Luft, bevor er nach vorne stieß und tief und hart in ihre Muschi eintauchte. Wärme und Nässe umhüllten ihn wie Seide. Er musste nach Luft schnappen, denn das Gefühl, in ihrer Scheide gefangen zu sein, war so intensiv, dass es ihn zu überwältigen drohte.

„Du bist die heißeste Frau, die mir je begegnet ist", murmelte er ihr ins Ohr, während er in ihren engen Kanal eindrang und sich dann wieder herauszog. Er liebte das Gefühl von Haut auf Haut, wenn sich ihre Körper synchron bewegten. Ihre Atemgeräusche und ihr Stöhnen erfüllten den Raum, aber Jay war es egal, ob sie jemand hörte oder nicht. Eines Tages würden sie in ihren eigenen vier Wänden leben, aber bis dahin musste das hier reichen.

„Ich liebe dich, Olivia."

„Ich liebe dich, Jay."

„Jetzt sei ein braves Mädchen und komm", ermutigte er sie und ließ seine rechte Hand zu ihrer Vorderseite gleiten, um ihre Klitoris zu streicheln.

Olivia schnappte nach Luft, als er mit den Fingern darüber rieb und begann, kleine Kreise darum zu zeichnen. Inzwischen kannte er ihren

Körper so gut, dass er wusste, was sie am meisten erregte und wie er sie dazu bringen konnte, sich gehen zu lassen. Ihr Vergnügen zu bereiten und dasselbe Vergnügen für sich selbst zu nehmen, war das Natürlichste, was er je getan hatte. Mit Olivia zu schlafen, ließ ihn sich wieder wie ein kompletter Mensch fühlen und half ihm, die Erinnerungen an seine Tortur durch Smiths Hand zu verdrängen. Bald würde all dies der Vergangenheit angehören, denn er konnte bereits in die Zukunft und das Leben sehen, das sie haben würden.

Das kleine Haus überblickte eine ruhige Bucht und blaue Wellen schwappten an den Sandstrand. Surfer ritten auf den Wellen und Palmen spendeten Schatten in dem tropischen Garten, der nur wenige Schritte vom Wasser entfernt war. Er erkannte seine Umgebung wieder, obwohl er noch nie auf Hawaii gewesen war. Aber er hatte viele Bilder gesehen und in der Ferne erkannte er Diamond Head, den schlafenden Vulkan von Oahu. Dies war Welten entfernt von Washington D.C.

Als er ein Geräusch hinter sich hörte, drehte er sich um und wusste, dass dies sein Zuhause war, denn die Frau, die mit tropischen Getränken durch die Glastüren kam, war Olivia. Sie trug ein traditionelles hawaiianisches Blumenkleid, ihre Füße waren nackt, ihr Bauch rund und schön. Hinter ihr folgte ein kleines Mädchen, das nicht älter als zwei Jahre war. Ihre Haut war eine Nuance heller als Jays, ihr Gesicht so schön wie das ihrer Mutter.

Die Vision verschwamm und er war wieder im Schlafzimmer von Aces Haus und machte Liebe mit Olivia. Ihre Muschi verkrampfte sich um seinen Schwanz und er spürte das Herannahen seines eigenen Orgasmus. Er ließ die Zügel seiner Selbstkontrolle los und schwelgte in dem Wissen, dass er und Olivia eine gemeinsame Zukunft haben würden. Eine glückliche.

Jay hob Olivia zurück aufs Bett und zog sie auf sich. Beide atmeten schwer.

„Weißt du, da ist immer noch etwas, was ich nicht ganz verstehe", sagte Olivia.

„Was ist es?"

„Die Vorahnung, die du bezüglich Smith hattest."

„Was ist damit?"

„Na ja, du hattest die Vorahnung, bevor du und ich jemals etwas miteinander angefangen haben, bevor wir uns vor dem Lebensmittelgeschäft begegnet sind. Aber wir wissen jetzt, dass der Grund, warum Smith in meinem Haus war, war, weil er uns in dem Hotel gesehen haben muss, in dem die Hochzeit stattfand. Wenn du und ich also nie miteinander geschlafen hätten, hätte er uns beide nie zusammen gesehen.“

„Ich sehe, worauf du hinauswillst. Wäre ich nicht mit dir zusammen gewesen, hätte Smith niemals dein Cottage verwanzt.“

„Ja, und wenn du nicht die Vorahnung gehabt hättest, hättest du dich nie mit mir eingelassen“, sagte sie.

„Es klingt wie ein Zirkelbezug, ein geschlossener Kreislauf, wenn es da nicht eine Sache gäbe“, sagte Jay lächelnd.

„Welche Sache?“

„Die Tatsache, dass gewisse Dinge einfach vorbestimmt sind, wie zum Beispiel, dass wir zusammen sein sollen, sei es aufgrund meiner Vorahnung von Smith oder aus irgendeinem anderen Grund. Manche Dinge sind unvermeidlich. Dass ich mich in dich verliebt habe, war unvermeidlich."

Olivia strich mit ihrem Finger über seine Lippen. „Ich liebe dich, Jay, ich glaube, ich habe mich in dich verliebt, als ich dich das erste Mal im Unterricht gesehen habe."

„Siehst du? Manche Dinge sind unvermeidlich." Dann lachte er leise. „Genau wie die Tatsache, dass wir heute Nacht keinen Schlaf bekommen."

Olivia kicherte und Jay rollte sich mit ihr in den Armen, um sie unter sich zu bringen, bevor er ihr Lachen mit seinen Lippen zum Schweigen brachte.

Über die Autorin

Tina Folsom ist gebürtige Deutsche und lebt schon seit über 25 Jahren im englischsprachigen Ausland, seit 2001 in Kalifornien, wo sie mit einem Amerikaner verheiratet ist.

Mittlerweile hat sie 50 Bücher in Englisch sowie Dutzende in anderen Sprachen herausgegeben.

https://tinawritesromance.com/deutscheleser/
tina@tinawritesromance.com

facebook.com/TinaFolsomFans
instagram.com/authortinafolsom
youtube.com/TinaFolsomAuthor